心声行迹(上)

乔宗利 著

东南大学出版社
SOUTHEAST UNIVERSITY PRESS
·南京·

图书在版编目(CIP)数据

心声行迹：上下册 / 乔宗利著. -- 南京：东南大学出版社，2024. 11. -- ISBN 978-7-5766-1702-3

Ⅰ. I227

中国国家版本馆 CIP 数据核字第 2024UM2403 号

责任编辑：胡　炼	责任校对：子雪莲
封面设计：王　玥	责任印制：周荣虎

心声行迹(上)
Xinsheng Xingji(Shang)

著　　者	乔宗利
出版发行	东南大学出版社
出 版 人	白云飞
社　　址	南京市四牌楼2号　邮编：210096　电话：025-83793330
网　　址	http://www.seupress.com
经　　销	全国各地新华书店
排　　版	南京布克文化发展有限公司
印　　刷	广东虎彩云印刷有限公司
开　　本	787 mm×1092 mm　1/32
印　　张	18.5
字　　数	218 千
版 印 次	2024 年 11 月第 1 版第 1 次印刷
书　　号	ISBN 978-7-5766-1702-3
定　　价	200.00 元(上、下册)

本社图书如有印装质量问题，请直接与营销部联系(电话：025-83791830)

作者简介

乔宗利,祖籍江苏,经济学博士,高级会计师、高级寿险管理师、资产评估师。作为深圳市七届政协委员,他积极投身公共事务,为城市发展建言献策。在商业领域,乔宗利先生担任前海人寿保险股份有限公司不动产总监,以其卓越的领导能力和深厚的专业知识,引领公司不动产业务稳步前行。此外,作为深圳幸福之家健康产业有限公司董事长,他致力于将健康产业与现代企业管理相融合，为社会带来深远的福祉。在专业学术领域，他的著作《经济管理与财务创新策略研究》深入探讨了经济管理的前沿议题，为学术界及实务界提供了宝贵的理论参考。此外，他还参与编写了深圳市会计协会的重要著作《会计报表与现代企业财务分析》和《深圳会计四十年》，为推动深圳会计行业发展做出杰出贡献。

　　本部诗集是乔宗利先生丰富人生经历与深邃思考的集大成之作，展现了学者型管理者的独特视角与人文情怀。其诗歌创作跨越祖国的大江南北，题材广泛，涵盖自然风光、人文历史、社会变迁等多个方面。他的诗歌风格兼收并蓄，既有对传统诗词的继承，亦有现代诗歌的创新，深刻哲理与细腻情感并重。通过他的诗歌，我们可以领略到一位行遍千山万水的诗人对这个世界的深沉热爱与独到见解。

自序

这本诗集收集的是我发布在微信朋友圈中的随笔,记录了我工作和生活中的一部分感悟,得到了不少好友的点赞,好多朋友都建议我集结出版,对此,我倍感荣幸。

我小时候生活在农村,因为七八十年代的乡下生活贫困,作为农民的子弟,家里很难见到书本。我的父亲很爱读书,经常给我们讲他不知在哪看到的各种故事,培养了我最初对文学的爱好。初中的时候,有个同学在书上写下"人有悲欢离合,月有阴晴圆缺,此事古难全"这样的句子,我惊讶于这样优美的文字是怎么写出来的,令人由衷赞叹。诗词的美给我极大的震撼,之后我就有意无意地学习和模仿。

学习诗词让我感受到了古人的喜怒哀乐,也通过诗词记录了自己的生活,表达了自己的内心情感。而如今微信朋友圈则成了记录的工具和平台。多年的学习和写作,也使我逐步认识到诗词的发展历史,古诗和现代诗的联系和区别。我的这些作品也从不规范到规范,最终走向以感情表达为主、格律为辅。这是学习的进步,也是人到中年之后遵从内心感受的体现。有心的读者也可能体会到这些。

这本诗集今天得以出版,要特别感谢许贤凤和郑美玲两位同事。许贤凤起初帮助我进行作品集结印刷成册,郑美玲近期积极推动出版。感谢她们的热心付出,也感谢各位朋友在朋友圈对我的鼓励。

目　录

第一辑　千林山诗笺

陋室 …………… 003
游园 …………… 004
期望 …………… 005
你的笑 ………… 006
有感 …………… 008
树 ……………… 009
唯一
　　致徘徊在路口的
孩子 …………… 012

如果 …………… 015
我要仰慕你
　　给孩子 ……… 017
给我一次机会
　　…………… 020
电话
　　再致孩子 …… 023
我不知道
　　三致孩子 …… 026
得失 …………… 029
大雨天 ………… 032

你们的节日 …… 034

你的眼

　给孩子 ……… 037

追求 …………… 039

试卷

　给明天参加高考的
　孩子们 ……… 042

如果你还在 …… 045

　父亲节致父亲

　…………… 045

如果你还在

　父亲节再写给远行
　的父亲 ……… 047

我爱看着你 …… 051

睡 …………… 053

是否记得

　旧作给毕业二十年
　的同学们 …… 055

给儿子 ………… 058

和以前一样 …… 060

二十年聚会 …… 062

如梦令

　忆金陵雪 …… 065

送天津同事 …… 066

赠陆大 ………… 067

卜算子

　深圳雪 ……… 068

卜算子

　感悟孙大圣 … 069

卜算子

　读红楼 ……… 070

卜算子

　读水浒 ……… 071

卜算子

　感悟孙权 …… 072

卜算子

述怀 ……… 073
破阵子
　　故园 ……… 074
如梦令
　　农家 ……… 075
如梦令
　　清明 ……… 076
江城子
　　临近清明用苏学士
　　韵抒怀 ……… 077
踏莎行
　　清明 ……… 078
点绛唇 ……… 080
清平乐 ……… 081
清平乐 ……… 082
踏莎行 ……… 083
踏莎行
　　致孩子 ……… 084

定风波 ……… 085
晨起 ……… 086
雨霖铃 ……… 087
眼儿媚
　　小家伙憨态 … 089
山坡羊 ……… 090
眼儿媚 ……… 091
调笑令 ……… 092
磨人精 ……… 093
如梦令
　　北京候机 …… 094
浣溪沙
　　飞上海所见 … 095
天仙子（一）…… 096
天仙子（二）…… 097
天仙子
　　素描 ……… 098
卜算子

凤凰花 …… 100	父亲节 …… 118
卜算子 …… 101	调笑令 …… 120
花开 …… 102	转应曲 …… 121
凤凰花 …… 103	如梦令 …… 122
如梦令	如梦令 …… 123
凤凰花 …… 104	清平乐 …… 124
调笑令 …… 105	昨日 …… 125
卜算子 …… 106	卜算子 …… 126
调笑令 …… 107	清平乐(一) …… 127
调笑令 …… 108	清平乐(二) …… 128
行香子 …… 109	浣溪沙 …… 129
浣溪沙	卜算子(一) …… 130
端午 …… 110	卜算子(二) …… 131
浣溪沙 …… 111	卜算子(三) …… 132
卜算子 …… 112	今天生日 …… 133
莫辜负 …… 113	如梦令(一) …… 134
如梦令 …… 115	如梦令(二) …… 135
行香子 …… 116	儿子座右铭 …… 136

睡觉歌 …… 137	桃园 …… 154
鹊踏枝 …… 138	卜算子 …… 155
满江红 …… 139	行香子 …… 156
致奋斗中的少年 …… 139	浣溪沙 …… 157
南水 …… 140	卜算子 …… 158
鹊踏枝 …… 142	行于粤闽高速 …… 158
卜算子 …… 143	闽粤行 …… 159
破阵子 …… 144	生查子 …… 160
青玉案 …… 145	访福州嵩口古镇 …… 161
因为你 …… 146	生查子
不如你 …… 147	贺前海人寿五周岁生日 …… 162
鹊踏枝 …… 148	咏月 …… 163
十六字令 …… 149	上元节 …… 164
青玉案 …… 150	小璧人 …… 165
四号楼 …… 151	正月十七日深圳见
行香子 …… 152	
如梦令 …… 153	

顾军 ……… 166
西江月 ……… 167
西江月
 致子书 ……… 168
春日游龙城公园
 ……… 169
童趣 ……… 170
南乡子 ……… 171
春日(一) ……… 172
春日(二) ……… 173
小高考 ……… 174
午后(一) ……… 175
午后(二) ……… 176
春日(三) ……… 177
春日(四) ……… 178
小宝 ……… 179
春日(五) ……… 180
春日(六) ……… 181

红 ……… 182
三月二十一日深圳见郭霆 ……… 183
战长沙 ……… 184
豆叶黄(一) ……… 185
豆叶黄(二) ……… 186
豆叶黄(三) ……… 187
豆叶黄(四) ……… 188
与小女(一) ……… 189
与小女(二) ……… 190
致我师 ……… 191
豆叶黄
 牡丹 ……… 192
豆叶黄
 凤凰花 ……… 193
接儿 ……… 194
送儿 ……… 195
周末加班有感

……………	196	爱晚亭(二)……	215
少年行 ……	197	摽有梅 ……	216
麦 ……	198	忆江南 ……	217
夜行 ……	199	卜算子 ……	218
采桑子 ……	200	生查子 ……	219
荷 ……	201	桔钓沙年会记	
洪湖(一)……	202	……	220
洪湖(二)……	203	蟹 ……	222
洪湖(三)……	204	重阳 ……	223
毕业季 ……	205	家事 ……	224
端阳(一)……	207	月下漫步 ……	225
端阳(二)……	208	抒怀 ……	226
送小子 ……	209	蒹葭 ……	227
夏日喜雨 ……	210	冬日大梅沙见沙述茂	
师恩 ……	211	……	228
老师 ……	212	望岳(一)……	229
牵 ……	213	望岳(二)……	230
爱晚亭(一)……	214	采桑子 ……	231

明月夜给母亲 …………… 231	游龙园 ………… 246
夜月 ………… 232	莲花山 ………… 247
湖边夜色 ……… 233	浣溪沙 ………… 248
小湖好(一) …… 234	周总理 ………… 249
小湖好(二) …… 235	一剪梅(一) …… 250
小湖好(三) …… 236	一剪梅(二) …… 251
浣溪沙 ………… 237	蝶恋花 ………… 252
小湖好(四) …… 238	忆江南 ………… 253
小湖好(五) …… 239	忆江南 南京雪景 …… 254
小湖好(六) …… 240	忆江南 ………… 255
小湖好(七) …… 241	生日 …………… 256
一剪梅(一) …… 242	一剪梅 ………… 257
一剪梅(二) …… 243	祝闺女生日快乐 …………… 257
一剪梅(三) …… 244	人生感悟 ……… 258
一剪梅 ………… 245	原谅我 ………… 259
记结婚二十一年 …………… 245	游观澜湖公园

…………………… 261	清明（一）………… 271
浣溪沙 …………… 262	清明（二）………… 272
西湖好 …………… 263	夜读 ……………… 273
生查子 …………… 264	谷雨（一）………… 274
初六日东莞莲湖赏油菜花（一）………… 265	谷雨（二）………… 275
初六日东莞莲湖赏油菜花（二）………… 266	谷雨（三）………… 276
	可园 ……………… 277
鹏城春 …………… 267	农家 ……………… 278
春日 ……………… 268	立夏 ……………… 279
无题 ……………… 269	夜读《诗经》杂想
桃花 ……………… 270	…………………… 280

第一辑 千林山诗笺

陋室

南阳诸葛庐,客至如斯乎。

长叹何为陋,诗书吟梁父。

2013 年 10 月 13 日

游园

万寿山下鹤排云,昆明湖畔长廊回。

派得红利在山野,败家石头归田园。

2014年6月15日

期望

落花一路,青翠若茶。

祝愿他人生布满鲜花,一生坦途。

2014 年 8 月 31 日

你的笑

小鸟收拢翅膀滑过枝头，

那一丝丝的颤，

一片叶子袅娜地落下，

那一弧妖娆的线，

一缕清晨的阳光穿过林间，

洒落了一地斑斓，

小溪流绕过了岩石，

激起了一条条细细的波纹，

一跳小银鱼轻轻地摆，

水面起了一个微皱的圈。

报春花开放的声音，

在风中慢慢地传，

萤火虫振动翅膀,

飞出夏夜的一片凉天,

金黄的稻谷低头摇曳,

脚下透着丰收气息的农田,

轻盈是春天的亲姐妹,

雪花无声融化在指间。

无论是柔和还是娇美,

无论是妖娆还是清秀,

无论是清凉还是温暖,

无论是拥有还是期盼,

都不会有这样大的魔力对我,

那嘴角轻轻的一弯,

笑靥。

2015 年 3 月 22 日

有感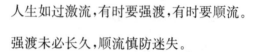

人生如过激流,有时要强渡,有时要顺流。

强渡未必长久,顺流慎防迷失。

2015年4月15日

树

一棵树,

立在荒野,

高耸如盖,

独立而倔强,

狂风曾经折断他的枝干,

暴雨曾经摧残他的伞盖,

寒雪未曾将他冻僵,

烈日无法将他旱死,

他就那样一直挺拔。

鲜花因为他的荫护而盛开,

绿草围绕他的身边而溢漫,

鸟儿藏进他的伞盖,

蝴蝶飞进来花间,

于是,

荒野有了水声潺潺,

生机盎然。

他就是那样站着,

根深深往下扎,

伤痕会消失,

风雨霜雪可以过去,

一切也依然还会再来,

荒野却已改变。

他会老去,

他会倒下,

只是那身姿,

却已经被留在岁月之间,

定格成一幅传奇图片。

2015年4月29日

唯一

致徘徊在路口的孩子

有的路,

虽然遥远,

却可以用脚去丈量,

那么容易。

有的路,

虽然很短,

却需要一生去跋涉,

如此不易。

那一年,

我和你一样的年纪,

一样的叛逆,

父亲的目光伴着我,

蹚过了,

火热的七月七。

二十六载将要过去,

六月六日的路虽然宽阔,

我,却不知道你要走到哪里,

前路是否布满荆棘。

夺去你斗志的游戏,

我不曾经历,

我不能等着你,

慢慢地觉醒,太迟。

我要送你,

走上大路,一往无前,

陪你走过你最迷茫的年纪,

管他多少荆棘,

因为,

无论有多少孩子,

你永远是我的唯一。

2015 年 5 月 3 日

如果

如果,

人生是一把宝剑,

寒光耀亮,

生活就是磨刀石,

消磨了剑身,

但锐利了剑刃。

如果,

人生要做一只雄鹰,

展翅翱翔,

生活就是暴风雨,

耗尽了体力,

但激扬了锐气。

如果,

人生是一条长河,

浩瀚无垠,

有时需强渡,

有时需顺流。

无论你的人生如何,

你要有勇气,

也要有定力,

要有耐心,

更需要机敏,

因为,

生活不会重来,

更不会欺骗。

2015 年 5 月 4 日

我要仰慕你

给孩子

曾经,

你是我的四月天,

柔软如云烟,

你眼里的世界

明亮而斑斓,

我能给你的,

是遮风雨的伞,

我要

尽量陪你走得远。

现在,

你是蹁跹美少年,

清晨太阳一般的艳,

你所体会的时间

活力永无限,

我要做你

掌握人生方向的舵,

我还会

给你扬起人生前进的帆。

将来,

你要成为时代中坚,

潮头策马扬鞭,

你所创造的世界

辉煌而灿烂,

我要做你

忠实的拥趸,

我还要

在身后仰慕你的精彩。

2015年5月5日

给我一次机会

给我一次机会吧!

让我做一个好爸爸,

从你开始学说话

我就陪你说呀呀;

从你开始学走路

我就跟着你的小脚丫;

从你读第一本图画

我就给你讲故事;

从你有了小伙伴

我就做你的接待员;

我紧紧地去抓

你给我的机会,

我要做一个好爸爸。

给我一次机会吧!

让我做一个好爸爸,

当你第一次对我撒谎

我就教育你要诚实;

当你第一次投篮

我就教育你生活需要勤奋;

当你第一次任性

我就教育你尊重规则;

我深知

言传不如身教,

我紧紧地去抓

你给我的机会,

我要做一个好爸爸。

给我一次机会吧!

让我做一个好爸爸,

我多想

我的陪伴比游戏更有吸引力;

我多想

我能够辅导你弄懂难题;

我多想

陪你走过人生的坎坷;

我一直在做一个好爸爸,

我不想

让我的粗暴占据你脑海;

让批评占据你的心灵;

孩子

给我机会,

让我做一个好爸爸吧!

2015年5月5日

电话

再致孩子

每天这个时候

我都会接到你的电话,

没有热烈的问候,

只有简单的一声 老爸!

让我少了许多牵挂。

如今你已长大

知道让我把忧心放下,

只需这一句 老爸!

已经等同

以前没完没了的闲话。

如今你已长大

可以尝试走天涯,

你知道

只需这一句老爸!

就可以

让我不再为你担心受怕。

我知道

你有自己的精彩芳华,

无需我为你描画,

也知道

让你独行对我的考验更大,

因此

我只想听到每天的那一句老爸!

你的电话

又让我忧怀,

也许

羁绊你的正是这个电话。

如果可以

孩子

就不要每天拿起它。

2015年5月6日

我不知道

三致孩子

我不知道

给你的是多还是少，

我想给你

取一个响亮的名字

让世界都能记住，

并且把它刻在天空

与星星一起闪耀；

我不知道

给你的是多还是少，

我想让你

学会三坟五典琴棋书画

让人们都来仰慕，

你外在的儒雅俊逸

内心的气雄胆豪；

我不知道

给你的是多还是少，

我想让你

放弃游戏放弃玩闹

让时间能花在正道，

未来你才可以腹藏锦绣

人生路上将越走越宽阔；

我不知道

是不是对你期望太多

而被给予的自由太少,

也许,我该给你

更多的陪伴、更多的欢笑,

你的人生也同样会

精彩闪耀。

我还在寻找

孩子,快帮我找到

你的需要,

不能让我对你的爱

迟到　太少。

2015 年 5 月 7 日

得失

得到的

其实是鞭策，

不足喜

有人却要去争；

失去的

可能是要放弃的，

不该忧

有人却在惋惜；

多数人看中得，

更多人忌讳失，

都是因为

得失连着名与利。

我深知,

得到的,不过是要我更努力

继续做好我自己,

失去的

不过是一种心理,

太介意

与别人的相比。

多数人已经忘记

不敢为天下先,

不知道

德能勤绩哪个第一;

不知道

事业的成就

在于能力，

更在于格局。

2015年5月12日

大雨天

大雨的天,

我给你送衣服

收获了很多赞叹,

其实

大家和我一样

不怕风吹雨打,

只要有你们的笑脸。

过去的那些年,

也有人顶着酷暑严寒

让我吃饱穿暖,

时光转眼数十载,

岁月

把沧桑刻上他们的额头，

却把爱烙在我的心间。

为他们的欢颜

去经风历雨，我愿

即使

每天只做一点点

你都看见，

我微笑，你给我送衣服

也在大雨天。

2015 年 5 月 17 日

你们的节日

今天接了你两次电话,

我祝你节日快乐,

你说:

现在已经不是你的节日。

可是在我眼里

无论你

年纪有多大、地位有多高,

你都需要我的牵挂和关爱,

孩子

今天是你的节日。

今天我只吻了你两次,

没有机会抱着你,

你睡了,

当我出门上班时

嘴角的微笑像花开的香气,

当你举着小拳头

深夜入梦时,

一个轻轻的吻,

你就会梦到爸爸的胡子。

今天是你们的节日,

我没有给你们礼物,

却在内心里一直祝福:

只要有我,

你们就是精灵、

就是天使,

孩子们

在爸爸的眼里,

今天永远是你们的节日!

2015年6月1日

你的眼

给孩子

黑宝石

在天边闪耀,

光芒里看到我的笑,

这时候

我一点也不老,

还是那么好。

—泓湖

在心头招摇,

微波里撑起长篙,

我要陪着你

无论天涯海角，

还是天荒地老。

你的眼里

现在只有我，

我愿意

在你的眼睛里慢慢变老，

直到

白发飘飘。

我愿意

在你的心湖中轻轻漫溯，

直到

夕阳残照。

2015 年 6 月 2 日

追求

我羡慕

有人可以每天抱着孩子,

看她笑,

陪她闹,

在厨房里做饭,

做卫生看电视,

不需要打卡签到,

工资按时发放虽然不高,

细细想一想

原来保姆就能做到。

我追求

可以随时漫步在他乡的林荫道,

看花开,

看日落,

领略高原的蓝天辽阔,

体会大海的白浪滔滔,

在野外露营听秋虫在夜空呢喃,

住星级宾馆体会人生奢华和

阔绰,

细细观察

这正是导游的生活。

我发现

我所追求的生活

原来是别人的工作,

我的工作

又是别人所追求的生活,

人生的意义在于

能够自由地选择,

并且热爱自己的选择,

或者不忘初心

坚韧,绝不让岁月蹉跎。

2015年6月5日

试卷

给明天参加高考的孩子们

明天

当你拿起那一份薄薄的试卷,

你要明白,

你是在书写

一生中最重要的答案,

别去相信

试卷不能决定未来,

因为它能筛选

你的一生将与谁为伴,

既然

人生需要努力，

为何不趁青春少年，

现在也许不代表未来，

这张试卷

给你不同的舞台去表演，

失败的答案让未来更艰难，

没有知识的精英，

谁曾看见。

记住

这张试卷是你人生的门槛，

跨过了，

它给你开启了光明的大门，

绊住了，

它给你设置了一道艰难的槛，

过去的努力

由它来检验，

未来征途

它只是一页书签。

        2015年6月6日

如果你还在

父亲节致父亲

如果你还在,
对我一定还是那么严,
不给酗酒不给抽烟,
要我守时要我守信,
要我努力要我与人为善,
你是我头顶的那片天。

如果你还在,
你一定也有了白发,
也会像其他老人一样爱遛弯,
行动变得缓慢,

笑容却更加灿烂,
每天陪着孩子玩。

如果你还在,
我一定陪你聊聊天,
聊你为啥永远不知疲倦,
我一定会告诉你:
不要在冬夜的车站
等我回家的列车。

如果你还在,
今天我要给你献上鲜花,
大声说出对你的爱,
你已远行十六年,
在我心里
你从没有离开。

2015年6月19日

如果你还在

父亲节再写给远行的父亲

门前的菜地热闹,

小白菜绿油油的嫩,

畦畦韭菜招摇,

南瓜的花儿灿烂地笑,

蜜蜂和蝴蝶在穿梭,

如果你还在,

一定是蹲在门槛前磕烟斗,

盘算着菜地什么时候浇。

田里的丰收都看得到,

麦子被压弯了腰，

玉米的叶子在太阳下闪耀，

红薯藤蔓向田埂上伸展，

架子上挂满了山药豆，

如果你还在，

一定还有一点小烦恼，

误了农时怎么好。

我们中午还是不想睡觉，

偷偷去村子后面的树林里打小鸟，

山水牛牛被当成宠物拴牢，

池塘的青蛙逃不掉，

弹弓总在它们身后偷偷地瞄，

如果你还在，

一定会默默地笑，

笑我们晒脱皮也不戴草帽。

暑假是我们的最爱，

可以偷偷去小河边洗澡，

爬到树上去粘爱叫的知了，

屋檐下掏麻雀的窝，

把马蜂窝用火去烧，

如果你还在，

一定会把我们赶得到处跑，

骂我们是不知危险的淘气包。

如果你还在，

一定过着更幸福的生活，

我们的天你还在顶着，

兄弟们感受你的味道，

我一定还是你的宝。

如果你还在，

我一定要把你

紧紧紧紧地拥抱。

2015 年 6 月 20 日

我爱看着你

我爱看着

你的睫毛

在黑宝石上闪,

你的小鼻尖

也会骄傲地指向天,

我爱看着

你的嘴角挂笑颜,

盯着爸爸傻傻看,

我爱着看

你会委屈掉眼泪,

手舞足蹈哭出来,

我最想

这样看着

千万遍

不厌倦。

2015年7月8日

睡

你在身边

鼻翼像扇动的花瓣,

我听到了花开

嗅到你的甜,

小嘴唇水中月牙般迷幻

我不敢去吻

怕水纹微泛

晕眩,

手儿握着拳

莲藕一节节,

偶尔轻轻地翻

才把你拥向怀,

你在身边

甜甜的睡眠

是我最爱的时间。

　　　　　　　　2015年7月8日

是否记得

旧作给毕业二十年的同学们

你是不是还能记得

曾经玉树临风的自己

还有白衣如雪的她

幻想着执手白头,

一言一笑

和那些曾经热情似火的夏天

有多少次悄然走进你的梦

如此执着;

你是不是还能记得

曾经握紧的拳头

幻想着自己有无穷的力量，

一举一动

追随着时代的风

站立潮头；

你是不是还能记得

幻想自己春风十里下扬州，

一思一想

都志在高楼

世务经纶少年不惧白头

如此风流。

蓦然回首

你会惊觉

谁在牵你的手

有人白发如秋

百炼成钢的你

变成了别人的绕指柔,

你望峰息心

二十年悠悠

短短四年成了一生的绵柔,

回忆

不是你已苍老

而是岁月的情歌

唤起你青春的感受

永在心头。

2015 年 7 月 10 日

给儿子

微风吹过我的头发

我安心等在楼下

他还在灯影里

听老师的教诲,

啊,教我如何不疼他。

微风拂过我的脸颊

想起他的长大

小不点已经懂事

身材如此挺拔,

啊,教我如何不爱他。

星光替代晚霞

青春的火花正在绽放

一路走来一路歌

如此好年华,

啊,教我如何不靠他。

2015年9月30日

和以前一样

祝福和祈祷我年轻的同事,尽快好起来,

花儿在风中尽情绽放

舞动阳光的青春

馥郁芳香,

蜂儿蝶儿舞得那样狂

哪个年少不是如此轻扬。

鸟儿飞上枝头歌唱

天空高远那是展翅的舞场

激情奔放,

微风彩云做成年轻的翅膀

哪个年轻人没有彩色梦想。

穿林打竹的暴风雨

不会怜惜没有预告，

花蕾可以落回大地的胸膛，

折断的翅膀

能够回到母亲的怀中将养，

孩子，

别走！

我们相信你的坚强，

如果你骤然离开

让妈妈如何走人生的下半场，

来吧！

和以前一样。

2015年10月16日

二十年聚会

虽然

我们来自五湖四海,

心里却保留着同一个信念;

虽然

我们没有一母同胞的血缘,

却总感觉到你们就在我身边;

虽然

我们不是同一个姓氏,

却一直感受到我们是同气连枝。

二十年

有的一直没有相见

音容笑貌总在眼前;

二十年

时光虽是一瞬间

也已把我们的发际染白。

今天

我要向你们表白:

无论时光如何飞转,

未来如何变幻,

你们都是我心中恒久的挂念,

如果时光可以回转,

生活可以重来,

我依然选择你们做我的同伴。

我们不是亲兄弟;

我们不是亲姐妹,

但我们拥有更神奇的名字:

同学。

来吧,

二十年的分开

让我们更加亲密无间;

二十年的牵挂

就融入到一起把盏。

2015 年 11 月 8 日

如梦令

忆金陵雪

往日翩跹少年，

求学南京粮院。

寒风入江南，

雕砌扬子如练。

雀跃，

雀跃，

心花雪花满天。

2016年1月24日

送天津同事

为公多漏夜,

曾共津门月。

莫道失交臂,

能见深圳雪。

2016年1月24日

赠陆大

故人江南来，

忆我旧情怀。

却把苏州雪，

深圳弄飞花。

2016 年 1 月 24 日

卜算子

深圳雪

一夜北风啸,人道是寒潮。三次入冬皆枉然,焉能信今朝。

周日亦起早,窗外寒雨飘。蓦然回首窗台上,六瓣精灵笑。

2016 年 1 月 24 日

卜算子

感悟孙大圣

负压五百载,腾身出两界。纵能变化七十般,须经九重难。

莫道根基浅,胜佛能斗战。如意棒打黄狮怪,身登如来殿。

2016年2月3日

卜算子

读红楼

钟鸣王爷府,鼎食帝王餐。经纶世务勤计算,名园曰大观。

通灵遇时变,绛珠为情还。一枕黄粱斧柯烂,梦碎太虚幻。

2016年2月4日

卜算子

读水浒

打虎英雄胆,风雪林教官。刀笔小吏上梁山,高举聚义幡。

一朝受招安,兄弟如星散。赢了太师和太尉,输了赵家班。

2016年2月4日

卜算子

感悟孙权

少年失父兄,袁曹一时雄。赤壁烈焰满江红,谁敢窥江东。

夷陵烟尘浓,赤帝崩川中。世间争说人紫瞳,当如孙仲谋。

2016 年 2 月 4 日

卜算子

述怀

辛苦一经起,不悔渐宽衣。争得金榜二十一,犹恐不给力。

南下做会计,何敢忘初心。学文明理舞晨鸡,忽得殿堂誉。

2016 年 2 月 18 日

---

* 当年高考录取率为 21%

破阵子

故园

小村油菜彩蝶,泥径青草黄莺。稚子挂角读书声,老父扶犁布谷音,故园入梦勤。

夜色初上囊萤,柴扉不掩映雪。锦鲤一日跃龙门,可回家乡报双亲,常记严慈命。

2016 年 2 月 27 日

如梦令

农家

小园梨花日暮,

池塘随风柳絮。

细雨听布谷,

兴起夜来翻书。

夜读,

夜读,

农家只念果蔬。

2016年2月29日

如梦令

清明

家乡漫漫长路,

乡邻早已散去。

无奈常入梦,

泪拥慈祥老父。

如雨,

如雨,

遥拜家严冢墓。

2016 年 3 月 1 日

江城子

临近清明用苏学士韵抒怀

十七春渺茫茫,常如梦,不能忘,华表柱头,孤鹤倍凄凉。曾到故园人不识,宅倾颓,井覆霜。

莫道贤名满故乡,村已凋,更无妆,回看家园,唯有草千行。泪逢老父却何处,夜深深,梦山冈。

2016 年 3 月 1 日

踏莎行

清明

田野依稀，

鹅黄绣遍。

遥看儿童放纸鸢。

细雨漫道是伤心，

散入荒郊扑人面。

渠水游鱼，

茅檐栖燕。

农人荷锄已下田。

却把无限思亲泪，

随雨洒向青苗间。

2016年3月3日

点绛唇

仰慕南国,经过方知名利锁。灯红酒绿。几人能知错?

炊烟袅袅,小村夕阳落。短笛横。山花如雨。燕子低飞过。

2016 年 3 月 3 日

清平乐

绿满快道,

杂花铺山坳。

万紫千红春来早,

杨柳絮漫天飘。

轻车送儿返校,

暗算来年深造。

侧耳又闻寒屋,

绕膝女儿娇笑。

2016 年 3 月 8 日

清平乐

别院深悄,玉栏环水绕。儿童偷把蝌蚪舀,白发渔翁垂钓。

常把小女怀抱,忘却世间烦恼。山水葱茏窈窕,爱听牙语嬉笑。

2016 年 3 月 13 日

踏莎行

春风十里,不如有你。乳燕花间啄新泥。翠柳成行听黄鹂,千回百转称心意。

满心欢喜,只缘是你。可心兄长已花季。才下凡尘做天使,抚我心田风细细。

2016年3月15日

踏莎行

致孩子

知命年高,工作不要,十月生尔又一刀。都云一世小棉袄,酸甜苦辣自知晓。

艳阳新照,露润花娇,红尘滚滚无需恼。愿把风雨一肩挑,换你回眸开怀笑。

2016 年 3 月 20 日

定风波

夜行水官雨如注,车轮击水水如瀑。恨车不能如船渡,知何处,银蛇且在天边舞。

遥想家中小楚楚,凭窗应看风吹雨。乱指车流学牙语,心如酥,瞬间已过回龙路。

2016年3月22日

晨起

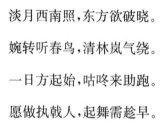

淡月西南照,东方欲破晓。

婉转听春鸟,清林岚气绕。

一日方起始,咕咚来助跑。

愿做执戟人,起舞需趁早。

2016 年 3 月 29 日

雨霖铃

有草新绿,

清明雨落,

平添愁绪。

青龙山上人多,

寄哀思

皆在扫墓。

人在千里之外,

家严犹在目。

逢时艰

独自无凭,

份定富农益凄楚。

上赡孤母下挈雏,

却故里,

敢向城里去。

灌中门前曾语,

不畏苦,

儿需读书。

去后谁人,

虽少言辞如山凝矗。

向梦里、

问父亲身体,

康健可如初?

2016年4月4日

眼儿媚

小家伙憨态

蝴蝶初落细发柔,照镜笑风流。

花鞋手提,红裙撩起,抬脚登楼。

蹒跚小女自乖巧,一笑解千愁。

偷下桌底,又藏被窝,枕巾蒙头。

2016 年 4 月 16 日

山坡羊

晨曦初现,

清凉微汗,

山岚雾气来相伴。

有鸟鸣,

悦身心。

未曾跑马虽遗憾,

窃喜肚腩已消减。

懒,

游泳圈;

跑,

人鱼线。

2016年4月19日

眼儿媚

小女初长特顽皮,

玩偶排整齐。

喂你喝水,

敲你脑壳,

抠你口鼻。

闲暇时刻爱绕膝,

知她太好奇。

掀我衬衣,

挠我肚皮,

笑我肚脐。

2016年4月23日

调笑令

爱美,

爱美,

新着花裙妩媚。

穿我大鞋挪行,

蝶落细发醉心。

心醉,

心醉,

不怕为你劳累。

2016 年 5 月 1 日

磨人精

我家有个磨人精,

白天和你笑嘻嘻。

夜半三更不肯睡,

她在床上踱步呢!

2016年5月4日

如梦令

北京候机

常殚帝都车堵,

更怕雾霾遮目。

天蓝路顺难遇!

机场却逢延误。

醒悟,

醒悟,

不飞是最苦。

2016 年 5 月 6 日

浣溪沙

飞上海所见

团团簇簇千堆棉,

幽幽蓝海起波澜,

有人争说雪峰连。

俯首巡看万顷田,

同我展翅碧空间,

幸福生活更无前。

2016 年 5 月 11 日

天仙子(一)

　　细气奶声我爱听,

　　摇摆蹒跚走不定。

　　拽袖扯衣常绕膝,

　　乐心境,

　　愿打拼,

　　为你开得好光景。

2016年5月12日

天仙子(二)

自沪回深深夜间,

扰你香梦我不愿。

却猜你曾在阳台,

仰头看,

多银燕,

爸爸会乘哪只返?

2016 年 5 月 13 日

天仙子

素描

一米八二大小伙,

灿烂阳光还幽默。

人肖卯兔喜偷懒,

常犯错,

爱好多,

黑白手谈与翰墨。

曾记闹心迷网络,

逆反心思起起落。

近来新立凌云志,

陋习破,

京畿廓,

跃马扬鞭踏花过。

2016年5月13日

卜算子

凤凰花

北地不曾见,此处开如火。

岁岁年年乘南风,一放万千朵。

小院出一枝,路边常错落。

此花不是富贵花,一开遍城廓。

2016 年 5 月 22 日

卜算子

圆魄上轩台,皎皎如霜降。

为有一身清如水,万户争相望。

捣药桾声远,蟾宫岁月长。

万载寂寥怨了谁,更把穹宇亮。

2016 年 5 月 23 日

花开

花开红如火，人流似穿梭。

要赏其中意，心远学陶翁。

2016 年 5 月 23 日

凤凰花

人云木朝凤,百花宜做臣。

陋尔不知名,花开动全城。

2016年5月24日

如梦令

凤凰花

道是木棉不是,

道是水杉不是。

火红与俊叶,

风中自在摇曳。

需记,

需记,

百鸟来朝称谓。

2016 年 5 月 24 日

调笑令

闺女,

闺女,

人道前生相许。

愿你精灵乐天,

和雪红花美颜。

颜美,

颜美,

贴我心窝微醉。

2016 年 5 月 25 日

卜算子

　　古柳随风扬,油菜竞日放。

　　蜂蝶不解岁月更,犹采百花酿。

　　昔日少年郎,鬓发霜华降。

　　先严耕耘触手及,独坐看鹅掌。

2016年5月29日

调笑令

闺女,

闺女,

一身欢歌笑语。

怀抱米奇跑来,

又翻筋斗倒栽。

栽倒,

栽倒,

偏学汤姆猫叫。

2016 年 5 月 31 日

调笑令

闺女,

闺女,

让我开心几许。

搂脖要数白发,

赤脚去踩落花。

花落,

花落,

捡起插我鬓角。

2016 年 6 月 2 日

行香子

子若梧桐,女似飞鸿。

到中年、情感正浓。

携上碧霄,写爱千重。

赏嫦娥仙,桂花树,广寒宫。

儿需跑马,长安花红。

量而今、奋发无穷。

娇娇小女,嬉戏家中。

愿儿如意,女快乐,共春风。

2016年6月4日

浣溪沙

端午

曾记少时过端阳,

雄黄犹伴粽子香,

彩丝绕指挂香囊。

今日端午少悲伤,

不记屈子白娘娘,

一见齐声贺吉祥。

2016 年 6 月 8 日

浣溪沙

大学四年同宿同学访深,共进晚餐。室友有佛缘,故共进素餐。端阳日记之。

君自长沙万里来,

双十未见发斑白,

长吁追忆旧情怀。

四载同宿常打摔,

欺你体胖笑你呆,

今日一起吃素斋。

2016年6月9日

卜算子

共坐台阶前,

不羞小黑脚。

泥里水里随性蹚,

带泪也能笑。

人生路久长,

大脚陪一道。

待到小脚变大脚,

再共阶前唠。

2016年6月10日

莫辜负

每个人,

生来都不卑微。

卑微,

源自无法接受自己。

不知,

苟且与远方的诗。

杜工部,

有苟且,

才有诗。

陶彭泽,

有苟且,

才有远方。

你为何不能，

先有苟且，

再考虑诗和远方？

只有晨光，

不能辜负。

2016年6月10日

如梦令

家有娇娇小女,

身是彩蝶飞舞。

一笑动春风,

偶尔梨花雨。

休去,

休去,

抱我湖边散步。

2016 年 6 月 14 日

行香子

珠海夜深,

月色如银,

赶文件、争秒夺分。

快印瑀凡,

个个精神,

看审合同,录网签,不惜身。

人是冯谖,

长铗所亲,

唯所愿、求己心真。

公事繁多,

忍做闲人,

看起海风,升明月,走白云。

2016 年 6 月 18 日

父亲节

都晒父亲照片,祝他节日快乐。我也有此心意,点香一炷落泪。父亲节日快乐!

十七年,

好像在昨天。

声声息息,

一直在身边。

伸手,

抚摸不到你,

心头,

却萦绕连绵。

星星,

可是你的眼?

春风,

可是你在叹息?

一直在,

我却看不见。

今天,

见不得,

别人晒照片。

只要告诉你,

真的想你。

爸爸,在天上,

你要快乐。

2016年6月19日

调笑令

闺女,

闺女,

常在湖边漫步。

池清可戏鱼虾,

转身即采落花。

花落,

花落,

天使下凡眷我。

2016 年 6 月 22 日

转应曲

闺女,闺女,

又做滑稽之举。

云间掠过飞机,

送它奶瓶去吃。

吃去,

吃去,

吃饱快点赶路。

2016 年 7 月 4 日

如梦令

莫欺姑娘年少,

学语牙牙好笑。

一声爸爸好,

惊喜不曾想到。

骄傲,

骄傲,

贴身暖心棉袄。

2016 年 7 月 11 日

如梦令

工作一天疲惫，

只想上床去睡。

斜躺喘息时，

闺女过来踩背。

不累，

不累，

小脚柔情抚慰。

2016年7月11日

清平乐

闺女虽小,学语牙牙早。

惊喜一声爸爸好,都夸小棉袄。

下班欢迎舞蹈,还要投怀送抱。

陪我一生欢笑,你是手中小宝。

2016 年 7 月 14 日

昨日

昨日之日不可留,不负青春不负爱。

一朝修得擒龙手,要把乾坤重打扮。

2016年7月16日

卜算子

有女当如花,一开动天下。

父母犹如两园丁,挡风遮雨打。

蹒跚学步时,濡染书和画。

一朝出落水芙蓉,要把他人嫁。

2016 年 7 月 20 日

清平乐(一)

闺女还小,举止逗人笑。

本本图书看猫猫,爸爸要来找找。

手手洗洗香香,脚脚跳跳哐哐。

最是前仰后合,学学狗狗汪汪。

2016 年 7 月 22 日

清平乐(二)

湖边青草,夕阳正斜照。

码头欢声已热闹,渔网上肩赶到。

绰起小鱼几条,放在盆中逍遥。

小女突发奇思,欲送嘴巴大嚼。

2016 年 7 月 25 日

浣溪沙

百里送儿补习勤。

赤日炎炎避无荫,

幸可稍息快餐厅。

世事纷纷俱艰辛。

而今高考又来临,

结局能无遂人心。

2016 年 8 月 13 日

卜算子（一）

小小可人精，

学说大人话。

因送哥哥回学校，

"刚刚考北大"。

虽是小儿言，

其中有妙化。

不要砸到小脚脚，

月亮会掉下。

2016年9月4日

卜算子（二）

中秋又佳节，

最美天上月。

孤轮长悬碧海间，

清晖照五岳。

问君何能尔，

赞誉充汉阙。

安知斫树捣药声，

实是广寒乐。

2016年9月16日

卜算子(三)

皎皎一孤轮,皓皓如霜雪。

清晖从不负人间,年年照城阙。

旧日赏流光,双亲情切切。

四十余载无纤痕,儿女明如月。

2016年9月17日

今天生日

公司领导祝福,
同事请吃饭,

妈妈打电话,
哥哥发微信,
亲戚群里发红包,

家里领导问候,
闺女发语音,
儿子深夜用舍管电话问候,
万千宠爱集于一身,
最满足的生日。

2016 年 9 月 19 日

如梦令(一)

小女初学长句,

偶作贴心呢语。

宝宝爱爸爸,

上班真真辛苦。

捧腹,

捧腹,

养老无需多虑。

2016 年 9 月 19 日

如梦令(二)

小女学扎马步,

满眼都是笑语。

双手绕八卦,

哪里学的套路。

笑剧,

笑剧,

广场模拟跳舞。

2016 年 9 月 19 日

儿子座右铭

"心中要有光

做自己该做的

对错是别人的事"

给你点赞,孩子

2016年9月23日

睡觉歌

瞌睡虫　瞌睡虫

快快来　快快来

上眼皮　下眼皮

在一起　在一起

宝宝呀

睡着啦睡着啦

2016 年 9 月 27 日

鹊踏枝

午睡香甜甜如蜜,几度翻身,抬脚上墙壁。入梦缘因开心事,嘟嘟嘴角微翘起。

谁道上苍无偏意,良善人家,总能蒙天赐。你有一双彩云翅,飞入我家做天使。

2016年10月6日

满江红

致奋斗中的少年

少年弱冠,心深处、壮志可歇。经风雨、劳心动骨,此情犹烈。青年要追功与名,谁人不披星与月。好时光、青丝莫负,情切切。

燕京路,光如雪。中政梦,岂能灭。访法界,踏遍寰宇山缺。欲济民生莫畏难,更知法需铁与血。弃荣辱、要揽乾坤事,理天阙。

2016年10月14日

南水

南水凉凉,春风浩荡。

屠苏曈日,天使入堂。

唯善唯美,为我心爱。

幸甚至哉,宠辱偕忘。

南水泱泱,热风汤汤。

红日高照,有女如光。

唯善唯美,为我心喜。

幸甚至哉,恩不能忘。

南水苍苍,白露微凉。

燕燕于飞,宜尔室家。

唯善唯美,为我所愿。

幸甚至哉,情深不忘。

2016年10月31日

鹊踏枝

贪夜偶啼滴金露,帷幕斜光,翻身又睡去。天使不识人间苦,星光伴我开庭户。

青鸟白日穿碧树,喜对暖风,唱响成长路。爱你无需何因素,苦乐都在细微处。

2016 年 11 月 3 日

卜算子

贯耳似雷鸣,初见长者静。鸿海闲谈世界经,大业由人定。

言毕却起身,赞我为后劲。握手扶肩轻声语,又共留合影。

2016年11月5日

破阵子

　　一剑十年欲试,汨罗江上哀歌。陶令归来苍山好,青崖放鹿笑王侯。且做逍遥游。

　　旋记挂帆抱负,闻鸡更上层楼。僵卧孤村放翁意,击楫豪杰自不休。慷慨挽逆流。

2016 年 11 月 9 日

青玉案

一汪清水含情目,小樱桃、奶声语。欲上肩头娇如许。拽我双手,又缠衣袖,上下能几度。

绕膝不过十年数,仍能偷闲避劳苦。愿把余生都交付。同行一段,人生长路,为你遮风雨。

2016年11月10日

因为你

阳光明媚,

山色和美。

原来是

因为有你。

2016年11月12日

不如你

熙熙攘攘,

人来人往。

不如你

调皮模样。

2016年11月12日

鹊踏枝

高铁人流前潮涌,挈妇将雏,鼎沸如雷动。

对面小童穿红衣,父子一模笑声共。

旋念当年天地冻,老父接车,慈爱我自懂。

试问天下为父者,谁人不是护花翁。

2016年11月12日

十六字令

花,

姹紫嫣红美无涯。

看闺女,

花也不如她。

2016年11月12日

青玉案

小湖清浅秋色好。
踏香径、心情俏。
手作秋千吃吃笑,
山青水暖,水波微漾,
由你开心闹。

华霜已袭我鬓角。
天使初来年犹小,
要伴你行人生道。
穿花白羽,于飞燕燕,
爱意长萦绕。

2016年11月20日

四号楼

记得金陵城,梧桐绿如盖。

四号楼虽小,少年有所爱。

晨昏常驻足,苦盼鸿影来。

多少对又双,四号楼不见。

2016 年 12 月 13 日

行香子

小小姑娘,黑眼溜光。爱美丽,头发不长。

额头蝴蝶,轻舞飞扬。听欢声起,笑声朗,歌声扬。

他日长成,温温馨香。有梧桐、树栖凤凰。

严父慈母,兄暖如阳。得一生情,一生爱,一生郎。

2016 年 12 月 29 日

如梦令

一载辛劳无数,

晨光连着更漏。

荣光与屈辱,

今日无需回首。

奋斗,

奋斗,

还要更上层楼。

2016年12月30日

桃园

压顶黑云雷霆涌,风雨一肩同共。

从来王侯将种,独把江山拥。

当日帅旗临风动,折去多少英雄。

赵家宫阙深重,化把人弄。

2017年1月2日

卜算子

五载如一日,伴你风和雨。

宠辱皆有发经霜,生由谁来主。

有意竞风流,无奈雨阻路。

待到风雨散尽时,莫问人去处。

2017 年 1 月 2 日

行香子

冉冉时光，岁月流淌。

伴小伙、复习匆忙。

晨星熠熠，暮色茫茫。

经一番风，一番雨，一番凉。

忆我少时，老父心广。

三兄弟、俱入学堂。

种彼农田，人号不儴。

传人自尊，行自立，事自强。

2017年1月22日

浣溪沙

远望群山莽莽连，

层层忽现似梯田。

方知车到安溪前。

小小安溪本等闲，

蜚声全赖一茶园。

人云工匠亦相然。

2017 年 1 月 27 日

卜算子

行于粤闽高速

金猴上青云,
锦鸡下五彩。
妻舅相邀贺新年,
轻车奔福建。

茅台酒一杯,
家常千千万。
撸起袖子加油干,
梦想能实现。

2017年1月27日

闽粤行

闽粤高速白云间,一山一隧紧相连。

轻车刚出黄龙洞,座座青山扑面来。

五岭巍巍玉屏风,武夷苍苍似蓬莱。

闽粤古来称蛮夷,能为天工把物开。

2017年1月27日

生查子

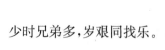

少时兄弟多,岁艰同找乐。

明月隔千里,相思在更漏。

儿女不同年,大手牵小手。

愿此兄妹情,犹胜共白首。

2017年1月28日

访福州嵩口古镇

千回百转入深山,百漈沟深九回肠。

轻车忽似坠青崖,一溪碧水任意淌。

隐隐远山层层叠,袅袅山岚树树藏。

嵩口古镇云烟里,福到人家一炷香。

2017年1月31日

生查子

贺前海人寿五周岁生日

雄鸡歌盛世,金睛瞻所有。

蜀犬虽吠日,胸襟能纳受。

人生绵长路,难免凉意透。

有前海人寿,常伴您左右。

2017 年 2 月 8 日

咏月

磨镜初碧透,白云一片悠。

人道有天蛤,吐珠坠仙楼。

怒把天河水,倒向人间流。

清晖饮一盏,胜做万户侯。

2017年2月9日

上元节

寒蟾出东海,春日月初圆。

华光耀天街,时日到上元。

灯谜入户宅,烟火照笑颜。

有情尽欢乐,今宵出新年。

2017年2月11日

小璧人

金乌西山走,银蟾又东升。

初作赤焰色,唤做风火轮。

后为玉佩环,清光照凡尘。

依窗愿明月,眷我小璧人。

2017年2月11日

正月十七日深圳见顾军

上元喜未消,明月清皎皎。

友自江苏来,金陵音袅袅。

恍惚少年时,粮院初报到。

相看鬓有霜,不肯说年老。

2017 年 2 月 13 日

西江月

一夜暖风初到,小湖即起春潮。

群蛙月下聒新谣,争道南国春早。

遥知故园小草,点嫩绿黄芽苞。

旧时玩伴音讯消,散了多少父老。

2017年2月27日

西江月

致子书

清林山岚旖旎,一滩湖水涟漪。

华灯初上是花梯,接来天上仙子。

小墅远离尘世,大道近在心底。

最喜小女眉如丝,新月一钩天际。

2017年3月5日

春日游龙城公园

龙城有公园,三月花绚烂。

一水鸣潺潺,群鸟啼林间。

小女话呢喃,全家着欢颜。

愿得平凡人,皆能得空闲。

2017年3月5日

童趣

小宝两岁余,说话一级棒。

有意学表哥,老爸变姑丈。

2017年3月7日

南乡子

小女性好奇,
拽手抬脚上我膝。
爸爸西瓜圆肚皮,
嘻嘻。
还有藏着大肚脐。

嘴巴甜如蜜,
上班辛苦快休息。
端水捶背真爱惜,
吃吃。
吃饱陪我做游戏。

2017年3月7日

春日(一)

三月暖风起,满城烟絮飞。

正当好时节,少年莫相违。

2017年3月11日

春日(二)

三月杜鹃着春风,满城尽是胭脂红。

应是人间春色好,诱得太子出龙宫。

2017年3月11日

小高考

回南天气潮,小儿胆气高。

今日入考场,征战第一朝。

徘徊在校外,忐忑意难消。

非为多少分,关心就难熬。

2017 年 3 月 11 日

午后(一)

午后山鸟鸣,采菇踏草行。

俯身呢喃语,妈妈真爱你。

2017 年 3 月 12 日

午后(二)

午后小湖边,都是小朋友。

谁在找妈妈,一湖小蝌蚪。

2017 年 3 月 12 日

春日(三)

三月杜鹃红似火,谁人不向花低头。

春风应是知我意,又送微雨润如油。

2017年3月13日

春日(四)

带小女出门,路上细沙,让她欢喜不尽。

三月鹏城春来早,大街小巷处处花。

莫问人生何由乐,欢喜就在脚底沙。

2017 年 3 月 13 日

小宝

小指夹在沙发间,宝宝一见慌了神。

拉到嘴边吹一吹,还问爸爸疼不疼。

2017 年 3 月 16 日

春日(五)

三月飞乱云,漫山升白雾。

亟待一声雷,唤得万物苏。

2017年3月19日

春日(六)

十里春风渡,一片稷麦青。

春风总如旧,谁能复年轻。

2017年3月20日

红

天性爱红装,灿若芙蓉生。

愿得清风顾,一世不沾尘。

2017 年 3 月 20 日

三月二十一日深圳见郭霆

忆昔初相见,君我皆少年。

同窗共四载,一室相与眠。

学后两相散,一北又一南。

偶尔能相见,平平又淡淡。

正逢春回日,与君促膝谈。

商事慨繁杂,已见发斑白。

茶罢挥手去,送我到门前。

唯有赠一言,相祝永平安。

2017 年 3 月 21 日

战长沙

恐韩已绝症,国足战长沙。

必胜成信念,笑话变神话。

2017 年 3 月 23 日

豆叶黄(一)

薰薰三月叶鹅黄,

一树梨花七里香。

春睡日头过轩窗。

懒起床,

新试粉红姐妹装。

2017年3月28日

豆叶黄(二)

薰薰风软送远香,

处处春花着暖阳。

满院杜鹃漫过墙。

好风光,

欲把鹏城作故乡。

2017年4月2日

豆叶黄(三)

春风尽日吹暖香,

树树花开火凤凰。

绿叶抹金着丽阳,

却彷徨,

人到清明就望乡。

2017年4月2日

豆叶黄(四)

鹏城四月春色妍,

巷陌荼蘼籁杜鹃。

木棉花开似火燃,

谢新天,

为我红裙绣彩边。

2017 年 4 月 6 日

与小女(一)

小女两岁余,男女初分开。

今日去浴室,爸爸你莫来。

2017年4月12日

与小女（二）

小女不知愁,夜半犹唱歌。

南风能知意,送梦到床头。

2017 年 4 月 12 日

致我师

数十年瞬间,犹记谆谆言。

少闻我师信,今日睹慈颜。

谦谦君子貌,温温在眼前。

遥祝我恩师,幸福度晚年。

2017年4月13日

豆叶黄

牡丹

芳名环宇处处闻,

缘是郁香绝世尘。

又惹亲朋把手赠。

最心声,

不负世间有情人。

2017年4月17日

豆叶黄

凤凰花

妍妍仙子下凡尘,

馥郁香氛动一城。

羞了多少新嫁人。

吐心声,

能使开得山更深。

2017年4月17日

接儿

十年伴寒窗,人言苦相同。

高考临战时,红旗隐隐中。

2017 年 4 月 30 日

送儿

于飞春日燕,筑巢在明堂。

点点泥和血,垒垒成新房。

有感人与燕,其心皆向阳。

剪尽风雨后,自在栖画梁。

2017年5月1日

周末加班有感

四月天蓝如碧海,

朵朵浪花任徘徊。

何时偷得半日闲,

携得小女尽开怀。

2017年5月7日

少年行

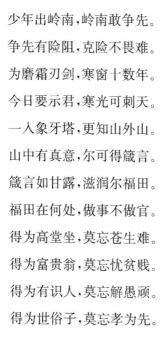

少年出岭南,岭南敢争先。

争先有险阻,克险不畏难。

为磨霜刃剑,寒窗十数年。

今日要示君,寒光可刺天。

一入象牙塔,更知山外山。

山中有真意,尔可得箴言。

箴言如甘露,滋润尔福田。

福田在何处,做事不做官。

得为高堂坐,莫忘苍生难。

得为富贵翁,莫忘忧贫贱。

得为有识人,莫忘解愚顽。

得为世俗子,莫忘孝为先。

2017年5月12日

麦

青麦入华堂,犹带农田香。

干瘪谁知问,无汗不灌浆。

2017 年 5 月 13 日

夜行

单车漠漠轻似箭,星月蒙蒙遮睡眼。

衔枚疾进人不知,古来商场如征战。

2017 年 5 月 17 日

采桑子

凉风微雨驱暑热,小苑微香。乳燕穿梁,偷眼徘徊小姑娘。

有书一架常伴手,朗朗悠扬。酷爱书囊,可与苏家比短长。

2017年5月19日

荷

莲叶青如璧,荷香一涟漪。

怎堪芙蓉质,再向泥中立。

2017 年 5 月 22 日

洪湖(一)

　　洪湖四月好风光,翩跹白鸟自在翔。

　　最喜一湖白芙蓉,拂衣犹带一身香。

　　　　　　　　　　2017 年 5 月 22 日

洪湖(二)

洪湖四月美,荷香入心扉。

最怕人相问,小子胡不归。

2017年5月22日

洪湖(三)

人道洪湖美,荷叶随风醉。

犹怜芙蕖影,更清似流水。

2017 年 5 月 22 日

毕业季

一生中，

能和几个人，

相拥合影，

笑得心花灿烂。

一生中，

能让几个人，

等候数小时，

毫无怨言。

一生中，

能有几个人，

相处数年,

终生挂牵。

一生中,

只有一个夏天,

十八岁的,

如花美颜。

十八岁,

真好!

        2017 年 5 月 26 日

端阳(一)

又闻粽艾香,知是到端阳。

腕系五彩线,酒需饮雄黄。

不解屈大夫,缘何去投江。

少年却怀恨,谁害白娘娘。

2017年5月28日

端阳(二)

鹏城过端阳,爆竹声声响。

莫道乡人鄙,其心为吉祥。

2017 年 5 月 30 日

送小子

十载寒窗,今上考场。

回看紫堡,花开凤凰。

2017年6月6日

夏日喜雨

好雨知时辰,考中乃发生。

随风入考场,消暑宜大声。

师生皆欢喜,考完即放晴。

回首看紫堡,魁星冉冉升。

2017 年 6 月 7 日

师恩

公司征集给老师的三句话,偶得如下:

十里桃花,

浓浓淡淡,

俱为恩师赞。

2017年9月11日

老师

十里桃花十里风,

白白红红,

蓦见我师笑影中。

2017 年 9 月 12 日

牵

人间万事,纷繁如此。

双手一牵,因你美丽。

2017 年 9 月 13 日

爱晚亭(一)

岳麓山下夕阳晚,爱晚亭前花似染。

不是平生爱斜阳,此山自带湘人胆。

2017年9月19日

爱晚亭（二）

湘人多英才,豪气冲霄汉。

岳麓有小亭,至今犹唱晚。

2017 年 9 月 19 日

摽有梅

青梅枝头正熟,到了采摘时候。

帅哥千万别走,干了这杯美酒。

2017 年 9 月 27 日

忆江南

江南好,情意两相牵。

四年求学意绵绵,相识相知共徘徊。能不忆江南?

2017 年 10 月 3 日

卜算子

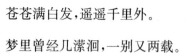

苍苍满白发,遥遥千里外。

梦里曾经几濛洄,一别又两载。

凯风自南来,山花开又再。

黄鸟好音难慰母,小女最心爱。

2017 年 10 月 9 日

生查子

连城入仲秋,一夜凛风至。

尔等闽粤人,需畏秋风势。

日夕快添衣,落叶知秋意。

翘首待南归,暖日在此地。

2017年10月11日

桔钓沙年会记

岁末秋色好,金风起碧霄。

天高点点帆,海阔阵阵潮。

年终需盘点,得失竟如何。

会于桔钓沙,计议与尔曹。

盈盈有笑语,纤纤更细腰。

前海财务官,能唤万里潮。

幸有德勤助,文总学问高。

化作诗滔滔,谦谦君子貌。

我等何有幸,能与龙凤交。

俯之临海深,仰之比山高。

自今重奋进,学者不怕老。

能把南澳水,化作诗如潮。

2017年10月24日

蟹

一身盔甲,遍地横爬。

节至黄花,红了爪牙。

配盏清茶,味道胜虾。

2017 年 10 月 28 日

重阳

岁岁重阳,遍野金黄。

每每梦回,都是家乡。

2017 年 10 月 28 日

家事

兄弟伯叔季,子侄有四人。

你是五小姐,我家一枝春。

2017年11月3日

月下漫步

秋月笼薄纱,清光似水华。

你有天使翅,乘风到我家。

2017年11月3日

抒怀

我本作陇耕,五十白发人。

手未曾释卷,不敢比书生。

2017 年 11 月 3 日

蒹葭

西风残照里,苍苍立蒹葭。

故园人不见,青丝变白发。

犹记儿时梦,满院是芦花。

2017年11月8日

冬日大梅沙见沙述茂

面如银盘英雄貌,身手敏捷行如豹。

二十多年岁月刀,今日犹敢说年少。

梅沙风来南海阔,央企财总说财道。

为有当年同窗情,小馆闲叙沙述茂。

2017 年 11 月 19 日

望岳(一)

久闻岱宗名,今日始亲临。

万载觉然立,千秋圣人情。

熙熙各争先,攘攘欲登顶。

五岳号独尊,不及常人心。

2017年11月22日

望岳(二)

旭日皇皇兮出海,岱岳巍巍兮层峦。

紫气隐隐兮东来,怀壮志兮临泰山。

乘宝马兮登殿堂,持桂兰兮沐馨香。

不负青春兮不负爱,为前海兮耀星光。

2017 年 11 月 23 日

采桑子

明月夜给母亲

一轮瀚海清明月。

去岁如斯,

今岁如斯,

润透游人身上衣。

云台山麓窗前树。

昨夜依依,

今夜依依,

恰是游人远归迟。

2017 年 11 月 27 日

夜月

冬夜湖升岚,粼光绕栏杆。

瀚海一明月,荡尽红黄蓝。

      2017 年 11 月 29 日

湖边夜色

湖面倒映七彩,

鱼鹰暗中往来。

日间多少凡事,

都付沉沉暮霭。

2017年12月9日

小湖好(一)

小湖好,

有你自开心。

稚子春熏捉蝌蚪,

老翁冬暖策杖行。

碧水有深情!

2017 年 12 月 10 日

小湖好(二)

小湖好,

夜阑好休闲。

九曲廊灯光闪闪,

唧唧冬蛰似鸣蝉!

能不开心颜?

2017 年 12 月 12 日

小湖好（三）

小湖好，

美景胜他乡。

夜露微澜明月浅，

青山远树暮色苍。

冬日夜微凉。

2017年12月13日

浣溪沙

绿水无波碧玉盘,

玲珑华灯九连环。

谁家小院入夜阑。

灰鹭夜掠芦苇滩,

惊得红鲤把浪翻。

涟漪漾到玉阶前。

2017 年 12 月 13 日

小湖好(四)

小湖好,

湖畔四季春。

白鹤有心双双影,

碧水无情也动人。

此地出凡尘。

2017年12月15日

小湖好(五)

小湖好,

寒夜水波沉。

芦苇萧疏栖白鹭,

隔窗皓腕点红灯。

最暖眼前人。

2017 年 12 月 16 日

小湖好（六）

小湖好，

冬日尽风流。

日丽风清楼高逸，

码头水浅不系舟。

闲云影悠悠。

2017年12月17日

小湖好（七）

小湖好，

冬日胜春朝。

杜鹃临水飞赤练，

绿树夹岸渡红桥。

老少最逍遥。

2017 年 12 月 22 日

一剪梅（一）

杜鹃花开笑意浓。

春月火红，腊月火红。

不似梅花偏爱冬，

开在寒风，落在春风。

无限青山原野中。

芳草葱茏，绿叶葱茏。

朝霞暮雨更蒙蒙，

身在人间，心在天宫。

2017 年 12 月 23 日

一剪梅(二)

少时常恨日月长。

冬冽如刀,夏沸如汤。

披星戴月出工忙,

慈母少衣,严父缺粮。

而今却恨是流光。

朝露未晞,夜色已凉。

为人当如跪乳羊,

礼敬老父,最爱亲娘。

2017年12月26日

一剪梅（三）

壁上油灯豆点光。

影上土墙,手纳鞋帮。

寒风夜半催严霜,

冻了小河,白了草房。

新着棉鞋又一双。

熄了灯光,更接晨光。

丝丝缕缕话亲娘,

她在故乡,入我梦乡。

2017 年 12 月 27 日

一剪梅

记结婚二十一年

以沫相濡二十年。

风也飘飘,雨也涟涟。

当时岁月话苦甜,

之子于归,礼聘无钱。

儿女一双展笑颜。

前路犹远,有你相携。

苍苍白发相互怜,

我有玫瑰,种你心田。

2017 年 12 月 28 日

游龙园

岁末龙园好,俨然是春朝。

九龙腾碧落,宝塔入云霄。

水清鱼游浅,天朗鸟飞高。

偷得一日闲,偕女乐陶陶。

2017 年 12 月 30 日

莲花山

满目青山绿意多,一片莲湖镜如磨。

为因岁末有闲情,暖风频送欢乐歌。

2017年12月31日

浣溪沙

一夜寒来雨淋淋,潇潇别院灯不明,小湖更无闲人行。

莫怕朔风穿茂林,春光只在一人心,明朝窗前看紫荆。

2018年1月3日

周总理

巍巍周总理,翩翩世无双

呕心赤子情,今日犹景仰

2018年1月3日

一剪梅（一）

碧海云开浴辉光。

岚起山川，月笼纱窗。

笔中烟雨墨添香，

豪俊铿锵，美人柔肠。

林下高士爱幽篁。

峨冠博带，南麓花黄。

闲来月下说四方，

百态人生，世事炎凉。

2018年1月3日

一剪梅（二）

轻舞流光落秋千。

风也翩翩，你也翩翩。

花开最爱簕杜鹃，

风也流连，你也流连。

彩带谁持艳阳天。

风也嫣然，你也嫣然。

无忧最是小少年，

风也甜甜，你也甜甜。

2018年1月5日

蝶恋花

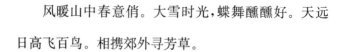

  风暖山中春意俏。大雪时光,蝶舞醺醺好。天远日高飞百鸟。相携郊外寻芳草。

  山下杂花香满道。一径金阳,人与花儿笑。共你一生无怨恼。此时更是全家宝。

2018 年 1 月 20 日

忆江南

江南好,最美三九天。

谁妒江南灵秀地,杨花频撒水云间,冰凿一江山。

2018年1月26日

忆江南

南京雪景

金陵美,最美雪花飞。

一夜钟山新砌玉,半城官粉斗芳菲,随梦几萦回。

2018年1月27日

忆江南

金陵美,大雪好江山。

虎踞钟山山色远,龙蟠扬子水波寒,琼玉满人间。

2018年1月29日

生日

有你的日子,生活是忙碌的。

有你的日子,心花是盛开的。

有你的日子,天空是晴朗的。

有你的日子,奋斗是值得的。

有你的日子,总是春天。

春天来了,

你的生日到了,

我的宝宝,

祝你生日快乐!

2018 年 2 月 4 日

一剪梅

祝闺女生日快乐

记得当年腊月香,

玉宇金光,大地春光,

初啼一试动肝肠,

出了产房,进了暖箱。

今日娇娇小媚娘,

美目流光,黑发飞扬,

欣逢生日百花芳,

你的开心,我的天堂。

2018年2月4日

人生感悟

要把人生活成一首诗,那并不难。

只要你有一颗充满爱的心,一双发现美的眼

就够了。

如果能多一双勤劳的手,

那就更美妙了。

谁也偷不走,你写下的诗篇。

2018年2月9日

原谅我

原谅我

没有走过千山万水

这一泓

清澈眼波

让我沉醉

原谅我

没有见过深涧沉玉

这一双

温暖小手

牵衣前行

原谅我

没有听过黄鹂好音

这一声

爸爸妈妈

婉转动听

原谅我吧

鬓发有星

心还温暖

柔软

只因你

2018年2月10日

游观澜湖公园

观澜湖里花似海,粉粉团团是樱花。

莫道此花开东瀛,爱她缘于爱中华。

2018 年 2 月 16 日

浣溪沙

雾笼青峰隐隐山,

一行白鹭过晨烟,

声声竹爆到春天。

挈妇将雏民宿间,

浮生偷得半天闲,

且于阳朔做神仙。

2018 年 2 月 19 日

西湖好

西湖好,

春日尽芳华,

袅袅欣闻苹果曲,

呱呱烦唱动情蛙,

风暖水生花。

2018年2月25日

生查子

元宵佳节,明月当空,想嫦娥仙子当泪洒碧空,泪河成银河。寂寞如斯,纵使长生不老,又何羡之。

上元凌碧霄,明月何由皎。

不堪满圆时,药杵惊心捣。

银河如泪河,珠泪犹嫌少。

广袖掩千愁,又恐惹君笑。

2018年3月1日

初六日东莞莲湖赏油菜花(一)

犹报北方冰雪皑,莲湖正月菜花开。

新燕雨中私密语,家中乳燕待亲来。

2018年3月4日

初六日东莞莲湖赏油菜花（二）

正月菜花黄，微风犹带香。

穿花飞燕子，仿佛是维扬。

2018年3月4日

鹏城春

三月鹏城春色好,一城熏暖飞花鸟。

南林偏羡北林秋,黄叶风中学袅袅。

2018年3月17日

春日

有人登高望远,有人拥被春眠。

犹爱酌彼金罍,神游海外天边。

2018 年 3 月 17 日

无题

春花分五彩,林树一原色。

人世异而殊,但求心有得。

2018 年 3 月 17 日

桃花

紫陌红尘里,人间套路深。

甩手到乡野,春色正撩人。

2018年4月2日

清明(一)

清明家祭雨如丝,黄柳轻扬愁与思。

契阔死生本一梦,家山长恨梦来迟。

2018年4月5日

清明（二）

纷纷黄柳愁如烟，户户思亲纸做钱。

宜乘和风送心意，人间四月正春天。

2018年4月5日

夜读

雨夜读《诗经》,依稀闻古音。

千秋风雅颂,幽客独行吟。

2018 年 4 月 15 日

谷雨(一)

村播田中谷,暮云落春雨。

农家无日闲,布谷催几许。

2018年4月20日

谷雨(二)

布谷啼声切,插秧茅屋前。

杏花村外落,烟雨满山川。

2018年4月20日

谷雨(三)

野杏芳菲尽,山梅犹未黄。

声声闻布谷,户户插秧忙。

细雨如烟笼,青苗若有香。

苍苍淮北地,梦里到家乡。

2018年4月21日

可园

今日游东莞可园,园主清人张敬修,文武双全,为莞人之杰出者。大画家关山月之师长得其惠,乃开岭南一派诗画,传奇人也!

莞城虎狼将,

诗画岭南家。

张氏留清史,

可园遍地花。

2018 年 4 月 30 日

农家

菖草萋萋斗野花,池塘小院又闻蛙。

田头抽穗一年麦,忙了农夫多少家。

2018年5月5日

立夏

春寒过后去麻衣,绿柳金杨绕土堤。

试问游人安记起,牵牛花发在村西。

2018年5月5日

夜读《诗经》杂想

昧旦酉鸣家,赌书夜泼茶。

人生如意事,坐拥两支花。

2018年5月9日

心声行迹(下)

乔宗利 著

东南大学出版社
SOUTHEAST UNIVERSITY PRESS
·南京·

图书在版编目(CIP)数据

心声行迹：上下册/乔宗利著. -- 南京：东南大学出版社，2024.11. -- ISBN 978-7-5766-1702-3

Ⅰ．I227

中国国家版本馆CIP数据核字第2024UM2403号

责任编辑：胡 炼	责任校对：子雪莲
封面设计：王 玥	责任印制：周荣虎

心声行迹(下)
Xinsheng Xingji(Xia)

著　　者：乔宗利
出版发行：东南大学出版社
出 版 人：白云飞
社　　址：南京市四牌楼2号　邮编：210096　电话：025-83793330
网　　址：http://www.seupress.com
经　　销：全国各地新华书店
排　　版：南京布克文化发展有限公司
印　　刷：广东虎彩云印刷有限公司
开　　本：787 mm×1092 mm　1/32
印　　张：18.5
字　　数：218千
版 印 次：2024年11月第1版第1次印刷
书　　号：ISBN 978-7-5766-1702-3
定　　价：200.00元(上、下册)

本社图书如有印装质量问题，请直接与营销部联系(电话：025-83791830)

作者简介

乔宗利,祖籍江苏,经济学博士,高级会计师、高级寿险管理师、资产评估师。作为深圳市七届政协委员,他积极投身公共事务,为城市发展建言献策。在商业领域,乔宗利先生担任前海人寿保险股份有限公司不动产总监,以其卓越的领导能力和深厚的专业知识,引领公司不动产业务稳步前行。此外,作为深圳幸福之家健康产业有限公司董事长,他致力于将健康产业与现代企业管理相融合,为社会带来深远的福祉。在专业学术领域,他的著作《经济管理与财务创新策略研究》深入探讨了经济管理的前沿议题,为学术界及实务界提供了宝贵的理论参考。此外,他还参与编写了深圳市会计协会的重要著作《会计报表与现代企业财务分析》和《深圳会计四十年》,为推动深圳会计行业发展做出杰出贡献。

  本部诗集是乔宗利先生丰富人生经历与深邃思考的集大成之作,展现了学者型管理者的独特视角与人文情怀。其诗歌创作跨越祖国的大江南北,题材广泛,涵盖自然风光、人文历史、社会变迁等多个方面。他的诗歌风格兼收并蓄,既有对传统诗词的继承,亦有现代诗歌的创新,深刻哲理与细腻情感并重。通过他的诗歌,我们可以领略到一位行遍千山万水的诗人对这个世界的深沉热爱与独到见解。

目　录

感怀 ………… 001

致子书(一) …… 002

致子书(二) …… 003

你是我的星星

………… 004

长沙 ………… 006

长沙橘子洲 …… 007

橘子洲 ………… 008

橘子洲之朱张古渡

………… 009

长沙屈子祠 …… 010

长沙爱晚亭 …… 011

长沙岳麓书院

………… 012

夏至(一) ……… 013

夏至(二) ……… 014

杂想(一) ……… 015

杂想(二) ……… 016

山居 …………… 017

立秋(一) ……… 018

立秋(二) ……… 019

七夕(一) ……… 020

七夕(二) ……… 021

见温江李庆江兄
……… 022

山竹 ……… 023

武汉大学 ……… 024

一剪梅
　中秋 ……… 025

中秋夜无月兼怀小子
……… 026

菩萨蛮
　秋夜 ……… 027

秋日 ……… 028

榕城上下杭 ……… 029

古意云顶吟别
……… 030

榕城西湖 ……… 032

寒露 ……… 033

重阳(一) ……… 034

重阳(二) ……… 035

雷峰塔有感 ……… 036

秋夜 ……… 037

别金庸 ……… 038

大侠金庸 ……… 039

水调歌头 ……… 040

蝼蚁
　其一 ……… 041
　其二 ……… 041

鹤 ……… 042

虎 ……… 043

罗浮山(一) ……… 044

罗浮山(二) ……… 045

冬至 ……… 046

桔钓沙 ……… 047

忆南京 ……… 048

菩萨蛮 ……… 049

新年寄语 ……… 050

除夕夜 …… 052	晨入南山 …… 072
春日 …… 053	桔钓沙 …… 073
新城迎春 …… 054	感怀 …… 075
宁化春日 …… 055	徐州 …… 076
狮子山文殊寺有感 …… 056	捣练子
清明(一) …… 057	半日闲 …… 077
清明(二) …… 058	赠王凤岐管理合伙人 …… 078
桃花逢雪感 …… 059	东湖菊花(一) … 079
寄儿 …… 060	东湖菊花(二) … 080
苏堤夜游 …… 061	浣溪沙
	哈尔滨 …… 081
第二辑 月亮湾诗话	哈尔滨 …… 082
中秋 …… 067	江苏大雪(一) … 083
南山(一) …… 068	江苏大雪(二) … 084
南山(二) …… 069	深圳寒潮 …… 085
晚练 …… 070	山中竹 …… 086
五十感怀 …… 071	月夜迎新年 …… 087

新年月夜感	088	雨后	106
偶感（一）	089	残花	107
偶感（二）	090	马	108
杂想	091	黄浦江边	109
深圳除夕日	092	偶感	110
新年	093	夜半见莲	111
春意	094	立秋（一）	112
元宵节（一）	095	立秋（二）	113
元宵节（二）	096	七夕（一）	114
天仙子	097	七夕（二）	115
清明（一）	098	雨	116
清明（二）	099	中秋（一）	117
五一	100	中秋（二）	118
五一过赣州	102	中秋（三）	119
小院散步	103	中秋（四）	120
悼念袁隆平院士	104	中秋（五）	121
路逢大雨	105	中秋（六）	122
		中秋（七）	123

中秋（八） …… 124	冬日偶思 …… 138
半百人生（一）… 125	江南秋 …… 139
半百人生（二）… 126	忆江南 …… 140
半百人生（三）… 127	晨感 …… 141
崖口村 …… 128	小酌 …… 142
淇澳岛 …… 129	饮酒 …… 143
崖山炮台 …… 130	早航 …… 144
新会天马小鸟天堂 …… 131	南京公祭 …… 145
重阳次韵杜工部九日诗 …… 132	**第三辑 乔言诗语**
重阳次韵杜牧九日齐山登高 …… 133	岁末感怀 …… 149
夜色偶感 …… 134	岁月回首 …… 150
秋夜 …… 135	尖岗山 …… 151
偶感 …… 136	偶感 …… 152
卜算子	快事 …… 153
夜航 …… 137	岁末随感 …… 154
	宁化雨 …… 155
	春节寒雨 …… 156

咏山鹃	157	谷雨	175
昨日金陵雪	158	平峦山	176
闲散偶感	159	理发	177
闲言	160	洗衣	178
暮春	161	杂说今日闲	179
疫下夜	162	喝茶(一)	180
封区行	163	喝茶(二)	181
和韵老领导	164	酒后杂感(一)	182
春分	165	酒后杂感(二)	183
闲暇	166	五代十国感	184
小区漫步	167	夜调侃	185
闲情	168	夜梦	186
独吟	169	羊台山(一)	187
南澳春游	170	羊台山(二)	188
清明	171	午后笔架山(一)	189
思乡	172		
乡思	173	午后笔架山(二)	190
感怀	174		

七夕 …… 191	中秋月 …… 209
西安 …… 192	翠竹公园(一)… 210
乾陵 …… 193	翠竹公园(二)… 211
宝塔山 …… 194	重阳节 …… 212
壶口瀑布 …… 195	荷塘 …… 213
大雁塔 …… 196	国庆 …… 214
华山 …… 197	世界之窗 …… 215
秦兵马俑 …… 198	假日偶感 …… 216
洪湖秋色 …… 199	校友相聚 …… 217
近中秋 …… 200	闲看秋雨 …… 218
望南山 …… 201	西丽 …… 219
静默夜行 …… 202	山景 …… 220
和蜀中客 …… 203	散步偶感 …… 221
秋居 …… 204	解封 …… 222
中秋日 …… 205	畅想 …… 223
中秋饮酒 …… 206	三年感 …… 224
中秋马场 …… 207	冬至日感怀 …… 225
中秋夜 …… 208	冬至日祝愿 …… 226

2022,别见 …… 227	古风午后 …… 246
新年 …… 229	芙蓉歌行 …… 248
出行赣州 …… 230	小暑 …… 250
菩萨蛮	定风波(一) …… 252
郁孤台 …… 231	定风波(二) …… 253
郁孤台 …… 232	绝句 …… 254
赣江 …… 233	定风波
于都 …… 234	长沙 …… 255
记春节东华山寺 …… 235	邕城 …… 256
夜行感怀 …… 236	聊斋志异婴宁 …… 257
马 …… 237	浣溪沙
晨见群飞鸟 …… 238	狮子林桥夜眺 …… 260
校友会 …… 239	中秋 …… 261
清明 …… 240	十六日夜江边见月 …… 262
春日歌 …… 241	
山村 …… 242	
东华吟 …… 243	夜月 …… 263

南山 ………… 264	…………… 274
村居 ………… 266	偶感 ………… 275
重庆 ………… 267	春日山行(一)… 276
晚读杂感 ……… 268	春日山行(二)… 277
冬日读书感 …… 269	客家米酒 ……… 278
新年 ………… 271	山行 ………… 279
雪 …………… 273	清明 ………… 281
立春日北方雪偶感	偶感 ………… 282

感怀

蜉蝣采采一朝妍,粉蝶翩翩夏日天。

转瞬风华能绝代,不争龟鳖寿千年。

2018年5月17日

致子书（一）

去年今日此时，你在考场奋笔。
今年今日此时，你在蓉城回忆。

人生一场大戏，谁人不要努力。
一生一次高考，不过一次经历。

高考为你打气，前路为你助力。
祝愿一生坦荡，风雨之中擎旗。

为人莫贪斗米，行事莫要迟疑。
常常心怀感恩，甘为理想驱驰。

2018 年 6 月 7 日

致子书（二）

人生就是一场马拉松，

老师和家长就是陪跑。

最终，拼搏到底的还是自己，

分别时，道一声孩子

珍重，不送。

2018年6月7日

你是我的星星

多年前,
你是我的星星。
如此亲近,
水润、剔透、晶莹。
一双黑眼睛,
你是我的新生命。

不久前,
你是我的星星,
那么光明,
淘气、阳光、聪颖,
一个小精灵,
你是我的小开心。

现在啊!

你是我的星星,

独自运行,

健壮、开朗、个性,

一位新青年,

你是我牵挂的情。

未来啊!

你是我的星星,

熠熠空庭,

深邃、遥远、盈盈,

一颗启明星,

照亮我昏昏的晚景。

2018年6月7日

长沙

银翼着明霞,青山罩薄纱。

潇湘闻屈贾,今日到长沙。

2018 年 6 月 15 日

长沙橘子洲

橘洲红日照,湘水回环绕。

不敢生狂言,犹闻龙虎啸。

2018 年 6 月 16 日

橘子洲

岳麓龙蛇走,大潮江渚头。

心存凌云志,人到橘子洲。

2018年6月16日

橘子洲之朱张古渡

湘水无声北向流,朱张古渡竹篁幽。

游人似水从经过,今日谁乘朱张舟。

2018年6月16日

长沙屈子祠

岳麓山藏屈子祠,楚才如水自君始。

端阳走马堂前稀,欲说离骚人不识。

2018年6月17日

长沙爱晚亭

丛林掩映出清泉,亭在岳麓书院边。

不是亭中偏爱晚,人心到此向先贤。

2018年6月17日

长沙岳麓书院

湘水自南来,汤汤天地开。

今人说邹鲁,犹道赫曦台。

2018年6月17日

夏至(一)

荫浓出闹蝉,亭下数清莲。

时至当头日,建功须壮年。

2018年6月21日

夏至(二)

夏至日高天,香亭独卧眠。

鸣蝉催好梦,梦里作清莲。

2018年6月21日

杂想(一)

晚天飞落霞,孤鹜入云斜。

人道有诗意,无非一暮鸦。

2018年7月12日

杂想(二)

暮色烟霞里,鹜飞云海中。

平生文采翼,不畏北南风。

2018年7月12日

山居

夏日山居晚,从容湖水边。

芦声随暮起,竹芋若青莲。

云乱穿天箭,风柔送远烟。

喧嚣存闹市,心地得悠然。

2018年7月29日

立秋（一）

秋日未生凉，南风入竹房。

蓦然惊碧镜，鬓角有秋霜。

2018年8月7日

立秋(二)

林木岸边生,秋风已有声。

犹存年少事,白发惹心惊。

2018年8月7日

七夕（一）

今夕何夕，今夕七夕。

一日不见，如三月兮。

汉有游女，不可求思。

彼美人兮，西方之人。

投以木桃，报以琼瑶。

琴瑟在御，岁月静好。

执子之手，与子偕老。

死生契阔，与子成说。

2018 年 8 月 17 日

七夕（二）

鹊桥星汉渡，仙子踏金风。

河汉波涛里，男儿泪点红。

千秋年岁永，风月古来同。

愿得两情悦，为君白发翁。

2018 年 8 月 17 日

见温江李庆江兄

白露时节逢,客来自蜀中。

相互不饮酒,言谈俱欢容。

君虽身在公,情越山水重。

感君频致意,我也情由衷。

我等虽异姓,君长亦为兄。

兄弟情如何,恰如霜叶红。

今日一别后,再见即春风。

2018 年 9 月 8 日

山竹

初来山竹威,疑似出奇魃。

雨走沙滩蟹,风行烈马洄。

胸中存涧壑,梦里有风雷。

风雨随时尽,人生当崔巍。

2018 年 9 月 16 日

武汉大学

巍巍珞珈,浩浩武大。

大江洋洋,云梦茫茫。

今夕何夕,缘来到此。

幸甚至哉,甘之如饴。

2018 年 9 月 22 日

一剪梅

中秋

明月飘香丹桂丛,月上晴空,香气朦胧。

人间天上此心同,团在家中,圆在心中。

我欲举杯问月宫,可爱红尘,可羡凡躬。

玉樽已尽醉颜红,四壁清晖,小女欢容。

2018 年 9 月 24 日

中秋夜无月兼怀小子

时至中秋无皓月,秋云漠漠夜沉沉。

相思无绪凭谁道,寄去川西月一襟。

2018 年 9 月 24 日

菩萨蛮

秋夜

远山漠漠愁如叠,空阶伫望天边月。斫树在蟾宫,捣砧世纪功。

破书千万卷,不解红尘乱。玉兔更吴刚,千年万载忙。

2018年9月29日

秋日

福禄坊门画角高,秋风送爽艳阳骄。

偷闲做客八闽地,青竹林边唱酒谣。

2018年10月2日

榕城上下杭

福州三坊七巷,东南名胜地,景如苏杭。近日新成上下杭,也东南风情之地,久必为人所爱,今日记之。

碧水悠悠绿绦长,

三坊七巷似苏杭。

闲情偶得八闽地,

一日新成上下杭。

2018 年 10 月 2 日

古意云顶吟别

永泰有名山,山高接云天。

绝路十八弯,连绵岭万千。

千峰皆竞秀,万木生云烟。

遥闻狮虎吼,近看瀑挂岩。

岩上有人家,所居皆飞檐。

坐看红尘里,何人得清闲。

门前层叠树,树树有鸣蝉。

拂衣到云顶,顶上一天池。

池深未可知,池水彻骨寒。

水从火中出,云生天际边。

濯足彼清泉,骋心白云端。

居此群山水,辟有十亩田。

野民知真意,悠悠不羡仙。

愿得山长静,我复返自然。

2018 年 10 月 4 日

榕城西湖

榕也有西湖,水波清且涟。

谁移西子柳,栽种此湖边。

君看榕城柳,金秋还如烟。

时人少攀折,折柳泪连连。

2018 年 10 月 4 日

寒露

寒因水至凉,露结叶前霜。

遥念故园圃,菊花今又黄。

2018 年 10 月 8 日

重阳(一)

重九上高岗,漫山秋菊香。

凯风南面至,父老愿安康。

2018 年 10 月 17 日

重阳(二)

重九菊花开,透霜香自来。

故乡花若是,高处愿多栽。

2018 年 10 月 17 日

雷峰塔有感

夕至雷峰说古今,巍峨高塔色如金。

从来女子多柔弱,为爱更遭风雨侵。

2018 年 10 月 23 日

秋夜

明月照空山,秋虫鸣夜寒。

原知冬日至,何以待来年。

2018 年 10 月 25 日

别金庸

金大侠的书洛阳纸贵,影响深远,七律送行。

书剑江湖碧血雄,

飞狐逐鹿说屠龙。

乘雕侠客随风去,

越女连城别金庸。

2018 年 10 月 30 日

大侠金庸

大侠若金庸,为民情义浓。

仙游乘鹤去,寰宇有遗踪。

2018 年 10 月 30 日

水调歌头

大侠何为大？为国为民忧。英雄多惜好汉，凭剑说风流。一日狼烟四起，同指孤烟大漠，驰骋复燕幽。敢擎旗擒贼，驱恶敌狂酋。

如椽笔，等身著，史书留。铮铮铁骨，由爱化作水波柔。侠客犹存壮志，岁月更摧英杰，骑鹿即西游。大侠金庸已，遗响写春秋。

2018 年 10 月 31 日

蝼蚁

其一

蝼蚁俱忙碌,建成千栋屋。

花中彩蝶飞,可有栖身木。

其二

旷野深山里,四时蝼蚁生。

茫茫卑贱事,无暇放歌声。

2018 年 11 月 17 日

鹤

鹤本羽仙士,轩然自不群。

濯身千涧水,飞翼万层云。

声朗乾坤静,气清天地熏。

皆云山野鹤,真乃一仁君。

2018 年 11 月 17 日

虎

山中有大猫,心气凛然骄。

一吼莫能应,平生唯寂寥。

2018 年 11 月 17 日

罗浮山(一)

正道是罗浮,仙姑可到无。

灵丹葛翁意,济世用悬壶。

2018 年 12 月 15 日

罗浮山(二)

左股蓬莱境,流波海上来。

狮峰落神女,双燕接仙台。

丹灶稚川处,悬壶济世哀。

高轩遗履去,卧榻着青苔。

东纵迹犹在,青松处处栽。

先贤不敢忘,云雾正徘徊。

2018 年 12 月 15 日

冬至

北国琼飞千树花,南洋潮涌万重沙。

四方冬至风情异,各有温馨到一家。

2018 年 12 月 22 日

桔钓沙

氤氲桔钓沙,遥看雾笼纱。

一夜听涛枕,呢喃说浪花。

2018年12月23日

忆南京

唯爱金陵日,青春最好时。

当年挂帆梦,扬子大江诗。

2019 年 2 月 2 日

菩萨蛮

华灯初上霓光烁,满天花雨扬扬落。

户户换新符,春来万物苏。

久游思父老,谁不心存孝。

举酒祝新年,老人皆笑颜。

2019年2月2日

新年寄语

新春佳节,一岁新除。

和风送暖,瑞入屠苏。

年逢金猪,晦气皆无。

万贯家财,滚滚在途。

父母康健,无忧无虑。

绕膝儿女,欢声笑语。

岁到中年,心无旁骛。

公事夙夜,穷年兀兀。

三星在天,餐风露宿。

为公最美,君子如玉。

教子必勤,踏实是务。

念兹在兹,当以国许。

今当春始,一元起初。

坐言起行,誓言不误。

2019年2月3日

除夕夜

除夕喧如昼,欢歌出万家。

儿童强不睡,一夜放烟花。

2019年2月4日

春日

一年初始新春日,火树银花照骥程。

自忖人生须奋发,常听鸡唱最先声。

2019年2月5日

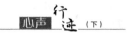

新城迎春

宁化新颜沐晓风,川流摩托巷街中。

烟花处处摊前卖,更擂春茶说岁丰。

2019年2月6日

宁化春日

宁化城郊存白塔,巍峨直上接云霞。

玉阶草绿映春色,江翠流深舞碧纱。

莫道大清黄慎事,犹闻苏府映山花。

凭栏骋目不需叹,且感当今盛世华。

2019年2月6日

狮子山文殊寺有感

狮山坐落文殊寺,菩萨一尊千万狮。

闽土崇山连峻岭,几多殿宇与僧尼。

2019年2月7日

清明（一）

四月乱飞筝，迷离草绿城。

清明家祭日，隔树闻悲声。

2019 年 4 月 6 日

清明（二）

荞麦入云青，春郊宜踏行。

晨风还凛凛，隔树有悲情。

2019年4月6日

桃花逢雪感

一树桃花白雪欺,狎蜂无奈不栖枝。

谁知春到和风日,却是寒潮打落时。

2019年4月9日

寄儿

今夕何夕兮凤凰花开,
少年何年兮翩跹风采。

前岁今时兮花下走来,
清朗如云兮君子怀玉。

人在天府兮可记鹏城,
此花又开兮学成归来。

能慰我心兮唯汝有才,
全城皆烈兮花开迎尔。

2019 年 5 月 25 日

苏堤夜游

羁旅杭兮游西湖,
苏堤长兮微风拂。

水拍岸兮声咕咕,
鸟夜飞兮鸣啾啾。

望雷峰兮皇皇,
观三潭兮漾漾。

游人稀兮步履轻,
俗事少兮气色新。

抱朴兮人浑真，

心静兮即西子。

无欲兮葛岭药香，

有为兮岳庙拜王。

率性兮传雪夜煮酒，

有情兮说人蛇风流。

虫二兮论无边风月，

孤墓兮谈义士碧血。

人之生兮慕盛世繁华，

出于世兮享江山如画。

哀吾生兮亦有涯，

感江山兮或无涯。

离西子湖兮入凡尘,

守静笃心兮也浑成。

2019 年 6 月 7 日

第二辑

月亮湾诗话

中秋

明月出东海,

流光湿我衣。

人生清似月,

万里散光辉。

2019 年 9 月 13 日

南山（一）

晨起入南山，

南山菊正妍。

山青人忘返，

水响我流连。

桃谷鸟鸣涧，

清流鱼在渊。

余生无峻岭，

在此读诗篇。

2019 年 9 月 13 日

南山（二）

明月出南山，

千家皆凭栏。

山居无所愿，

常见此团团。

2019 年 9 月 13 日

晚练

夜半入南山,

清光照独闲。

水声消暑热,

蛩细见秋颜。

林茂影幽远,

山高夜莫攀。

凡尘多少事,

抛在水云间。

2019 年 9 月 15 日

五十感怀

生日夜加班感发,虚岁近五十,人生能有几个虚五十?

一枝新发花,

五十负年华。

夙夜于公事,

公司就是家。

2019 年 9 月 16 日

晨入南山

晨起南山去，

南山未入秋。

荔林青又茂，

百草缀牵牛。

群鸟鸣林外，

桃花谷水幽。

今为陶潜令，

再到此山游。

2019年10月1日

桔钓沙

清且美兮桔钓沙,

东方既白兮一缕霞。

赤如焰兮逐浪花,

朝阳出海兮放光华。

若宝石兮天湛蓝,

万里无云兮鸥点点。

接无际兮海连山,

百舸争流兮扬白帆。

忆往事兮仰碧空,

白驹过隙兮事无穷。

与好友兮沐海风，

相邀畅饮兮心意同。

新月弯兮上碧霄，

清辉满山兮闻夜枭。

兴之致兮且闲聊，

淡淡如月兮得不骄。

酒已散兮且入眠，

梦里驰骋兮思绵绵。

海即天兮更无边，

心宽似海兮可万年。

2019 年 10 月 5 日

感怀

雪落添新酒,

花开颂古诗。

人生如意事,

花酒雪飞时。

2019 年 12 月 1 日

徐州

遥知楚汉战彭城,

马上豪情轻死生。

遗响千年今胜昔,

大风歌罢醉筹觥。

2020 年 11 月 12 日

捣练子

半日闲

花曼舞,

叶轻扬,

喜鹊梢头闹晚阳。

红荔林中斜照里,

有闲携女踏清香。

2020年11月15日

赠王凤岐管理合伙人

风暖东南有旧缘,

京城飞雪设新筵。

大名贯耳财经界,

细语婉温珠玉连。

凤宿梧桐声自远,

岐山回响赋诗篇。

同行小子幸何甚,

慷慨于心更向前。

2020 年 12 月 4 日

东湖菊花(一)

玉骨冰肌满院香,

骚人偏爱可经霜。

东湖少见北风至,

菊盛时时照夕阳。

2020年12月5日

东湖菊花(二)

由来傲骨敢经霜,

萧瑟北风含冷香。

隐士骚人虽挚爱,

此花从不上华堂。

2020年12月5日

浣溪沙

哈尔滨

客至冰城雪未销,

北风呼啸利如刀。

松花江上失滔滔,

素色山河元自娇。

吟诗纵酒话逍遥,

寻梅踏雪不需邀。

2020 年 12 月 9 日

哈尔滨

玉砌长河波不扬,

银铺四野耀寒光。

帝君可是敷脂粉,

柔嫩冰肌不闻香。

2020 年 12 月 9 日

江苏大雪(一)

今日家乡大雪,作诗记之,似见童年之景。

何花腊月苦无依,

乱入千山万树枝。

却是瑶台风打落,

梨花抢作贺年诗。

2020 年 12 月 29 日

江苏大雪（二）

春山随远眺，

秋水共云摇。

浪漫何如是，

江南大雪飘。

2020年12月29日

深圳寒潮

一夜朔风卷地来,

夏花纷落尽尘埃。

南园从不常冬日,

屈指可期新蕊开。

2020年12月30日

山中竹

竹生岩涧中，

节劲笑霜风。

本是虚心者，

叶偏凌碧空。

2020 年 12 月 30 日

月夜迎新年

碧海月行天，

清晖照大川。

凭栏多少叹，

俯仰又经年。

2020 年 12 月 31 日

新年月夜感

夜见月清光,

心思突激扬。

谁知娥女意,

可有瞩吴刚。

2020 年 12 月 31 日

偶感（一）

新冠肆虐，

困人在家。

北风凛冽，

瑟瑟寒鸦。

夜空仰望，

明月如画。

春日可待，

心存桃花。

2021年1月24日

偶感(二)

几日寒流凛冽,

新冠让人害怕。

只盼春节过后,

漫山开满桃花。

2021年1月24日

杂想

荷清菊隐腊梅香,

流水高山草屋荒。

君子可知尘俗事,

桃花才是世人妆。

2021年1月24日

深圳除夕日

霁日东风暖万山,

更吹喜气到溪边。

青山历历皆春意,

绿树遥遥尽紫烟。

群鸟不知新换日,

却来枝上说闲篇。

凛寒不过昨朝事,

新作今来十亩田。

2021 年 2 月 11 日

新年

已除旧岁贺年来,

锣鼓喧天宴会开。

得报春风天地暖,

从今玉宇净尘埃。

2021年2月11日

春意

晨起户门开,

春光扑面来。

山山皆绿意,

白水共云徊。

俯仰生禅定,

世人尘与埃。

暖风长且驻,

也顾石边苔。

2021年2月13日

元宵节（一）

元宵节到月团团，

正是春光日日妍。

户户今时凭栏看，

家家更唤品汤圆。

2021 年 2 月 26 日

元宵节(二)

银蛇漫舞彩虹城,

唱彻红尘夜夜声。

莫做人间惆怅客,

且随明月照花卿。

2021年2月26日

天仙子

薄暮南山青未了,

返来林鸟啼春早。

徘徊小院揽绨衣,

人悄悄,

玉栏绕,

幽梦为谁人不晓。

2021年3月7日

清明(一)

清明阴雨连,

山远眼含烟。

去者能知意,

催花作笑嫣。

2021年4月4日

清明(二)

青龙山上雨霏霏,

隔树相闻红泪挥。

多少人间情与恨,

清明化作纸钱飞。

2021年4月4日

五一

今日到陈塘,

陈塘旗烈烈。

昔日大户坊,

曾做操练场。

征战多有伤,

此处来休养。

村里有支书,

敦厚精明样。

远溯反围剿,

近说好风光。

军医有英气,

热血美名扬。

老区地偏僻，

而今路通畅。

英烈多无名，

人来皆瞻仰。

能见脱贫貌，

九泉当含笑。

更寄诸游子，

常来看家乡。

2021年5月3日

五一过赣州

单车过赣暮春天,

五彩农家万亩田。

放眼群山青黛远,

层层更到暮云边。

2021 年 5 月 4 日

小院散步

议事今朝在庙堂,

闲行且就小园香。

林深蝉噪暑风热,

草浅蛩鸣夜未央。

弦月一弯光耀朗,

孤枭觅侣入林忙。

鹏城坐落万千院,

此院原来是日常。

2021 年 5 月 15 日

悼念袁隆平院士

隆平为世忙,

华夏稻花香。

莫是天堂里,

相招种稻粱。

山悲声动魄,

川恸雨飞扬。

愿得青龙驾,

载乘回故乡。

2021年5月22日

路逢大雨

骤雨新来天地浑，

车中且避世间尘。

绝知车驻雨停处，

俗事重来扰我神。

2021年6月4日

雨后

前宵风雨净尘埃,

小院红花逐日开。

莫怨风狂催雨骤,

浮尘涤尽郁香来。

2021年6月6日

残花

年华似水去来时,

还道春风十里诗。

可解他人频笑尔,

红缨落尽抱残枝。

2021年7月11日

马

铁蹄奔踏走黄沙,

夙愿唯随将相家。

不恨山清常海晏,

犹思逐梦到天涯。

2021 年 7 月 11 日

黄浦江边

滔滔黄浦水如奔,

多少英雄逐浪沉。

两桨往来风与月,

谁人独唱水龙吟。

2021 年 7 月 21 日

偶感

青山绿水泉,

苍狗白云天。

世事无非变,

唯余心自然。

2021年8月1日

夜半见莲

夜半入深山,

山深响水泉。

人随山路远,

路尽水源前。

偶见莲生水,

花开静且妍。

洁清虽寂寂,

自在自由天。

2021年8月1日

立秋(一)

群蛙未散夜鸣空,

犹枕空调避暑风。

睡起忽疑天上月,

清辉何日入园中。

2021年8月7日

立秋(二)

入山独步湿纱衣,

暑气蒸腾白鸟①飞。

齐女②噪林犹未罢,

谁凭黄叶说秋归。

2021年8月7日

---

① 白鸟,蚊蚋之古称。
② 齐女,蝉之古称。

七夕（一）

依然河汉路迢迢，

织女牛郎会鹊桥。

今日女儿谁乞巧，

葡萄藤影自飘摇。

2021 年 8 月 14 日

七夕(二)

河汉相逢一瞬间,

万家仰看鹊桥仙。

当知蜜语朝朝暮,

七夕安能胜一年。

2021年8月14日

雨

黑云挂雨盖天来,

遥看孤城默似哀。

待到苍天浴龙罢,

鹏城又见万花开。

2021年8月18日

中秋（一）

圆月到中秋，

幽人无限愁。

愁心何所似，

月色笼高楼。

2021 年 9 月 19 日

中秋(二)

前日月如钩,

今宵镜色幽。

姮娥且善变,

唯世永含愁。

2021 年 9 月 19 日

中秋(三)

明月正高悬,

清光照大千。

世人千万万,

多少净心田。

2021年9月19日

中秋（四）

秋月晕清光，

江山日日凉。

绝知今爽气，

旋后化成霜。

2021年9月20日

中秋(五)

明月照江山,

江山气象千。

不知尘俗里,

谁敢比婵娟?

2021年9月20日

中秋（六）

圆魄碧长空，

清凉秋日风。

人言今后缺，

去岁也相同。

2021年9月21日

中秋(七)

浮游云海蚌珠圆,

剔透玲珑孤月寒。

可是升仙楚卞氏,

又磨璞玉作银盘。

2021 年 9 月 21 日

中秋(八)

琼楼疏影送清光,

应谢蟾宫斫树忙。

散落红尘多玉屑,

人间八月桂花香。

2021 年 9 月 21 日

半百人生（一）

人到中年事事磨，

少来壮志已蹉跎。

隐然镜里星星发，

鬓上霜华岁岁多。

2021 年 9 月 24 日

半百人生(二)

觉知五十不新鲜,

岁岁流光年复年。

揽镜不惊霜雪染,

我心兀自胜从前。

2021年9月24日

半百人生(三)

未知五十一何殊,

双鬓如华亦丈夫。

纵使年为鸠杖客,

初心犹欲上征途。

2021年9月24日

崖口村

一水绕农乡，

村村新稻香。

暖风吹作浪，

喜气入心房。

2021 年 10 月 3 日

淇澳岛

淇澳镇珠江,

珠江浩浩汤。

水流君不去,

根在水中央。

2021年10月3日

崖山炮台

铁炮依稀辨旧年,

滔滔流水似争先。

登临远眺大江去,

多少英豪到眼前。

2021年10月4日

新会天马小鸟天堂

独木成林群鸟集，

朝飞夜宿水云低。

平生遗恨未生翅，

天马大榕任意栖。

2021年10月5日

重阳次韵杜工部九日诗

人到中年天地宽,

犹能庆幸伴慈欢。

且遮秃发小童帽,

讨笑大人为正冠。

故里秋来千叶落,

南园四季不知寒。

年年惟愿亲康健,

奉酒一樽相对看。

2021 年 10 月 13 日

重阳次韵杜牧九日齐山登高

遥知故里叶纷飞,

兄弟携壶上翠微。

手指南园开口笑,

游人何不早来归。

菊开篱后醉佳节,

友到同登照落晖。

惟愿年年只如此,

酒浓花醉沾牛衣。

2021 年 10 月 14 日

夜色偶感

清晖似水玉光寒,

孤月高悬瀚海安。

我若随风霄汉去,

星河又恐起波澜。

2021 年 10 月 16 日

秋夜

心中无俗事,闲步沐秋阳。

寒露梢头白,菊花风下黄。

耳听秋气妙,把盏酒微香。

沉醉不需去,花间一梦长。

2021 年 10 月 21 日

偶感

罡风初劲岁寒期,

摇落山河千万枝。

莫笑沧然星发甚,

谁人没有少年时。

2021 年 11 月 4 日

卜算子

夜航

深夜自北京返深,城市与夜空辉映,做《卜算子》记之。

巡看夜云间,

天地同光灿。

霄汉滔滔泻水银,

星点千千万。

奇幻梦中城,

疑似仙人建。

紫陌红尘俗事歌,

直上凌霄殿。

2021 年 11 月 10 日

冬日偶思

窗外艳高阳,

风飘叶落黄。

胸中多块垒,

一日九回肠。

2021 年 11 月 14 日

江南秋

有金陵人,晒明孝陵金秋叶,感之。

江南风起时,

残叶落金枝。

春日足相爱,

秋光更可怡。

2021 年 11 月 20 日

忆江南

昔时曾少年,

俯仰水云川。

无限江山好,

豪情不足传。

诗成玄武殿,

酒醉大江边。

挥手长归去,

金陵梦里烟。

2021 年 11 月 20 日

晨感

晨起,闻窗外笛声悠扬,或急或徐。见天空云卷云舒。感岁月之流逝,青春之不驻。唯喜余心静好,且享岁月。

云卷见云舒,

笛声闻急徐。

青春留不住,

大叔复何如。

2021年11月21日

小酌

无肠公子日膏肥，

美酒金杯逸兴飞。

多少人生回首事，

莫嗟成败是和非。

2021 年 11 月 23 日

饮酒

酒香巷子深,

推与大家闻。

都是世间客,

同来饮二斤。

2021 年 11 月 23 日

早航

朝阳一出东方红,

展翅银鹰上碧空。

为得平生能射虎,

萧萧叶落夜弯弓。

2021年11月26日

南京公祭

北望南京双泪垂，

遥知公祭断肠悲。

今朝赢得山河靖，

可慰冤魂盛世期。

2021年12月14日

第三辑 乔言诗语

岁末感怀

凄风冷雨晦云徊,

一岁寒霜一岁来。

岁暮莫言今亦已,

春花明日悄然开。

2021 年 12 月 31 日

岁月回首

鬓发添星又岁终,

曾经多少雨和风。

岭南二十六年梦,

不敢放闲清风中。

2021年12月31日

尖岗山

尖岗清秀北城山,

红栈玉栏人与环。

盛日登高能望远,

春风偷入水云间。

2022年1月1日

偶感

得失于心笑与哭,

知多知少不知足。

财来财往本由天,

流水落花随晚渡。

2022 年 1 月 12 日

快事

策马踏烟尘,

樽前骂佞臣。

人生须快意,

莫负百年春。

2022年1月27日

岁末随感

冬去换春归,

时光日日催。

人间烟火气,

且尽酒盈杯。

2022年1月28日

宁化雨

云动山移衣袂飘,

东华神女舞琼瑶。

林深竹翠江河碧,

烟火人间似凌霄。

2022年2月2日

春节寒雨

风吹草木低,

雨打水迷离。

佳节迎春日,

谁知指直时。

锦衾和羽服,

速取勿相疑。

忽有南来客,

徒云归去迟。

2022年2月2日

咏山鹞

霜风百里寒，

云雨暗江山。

双翅凌空起，

独行天地间。

2022年2月7日

昨日金陵雪

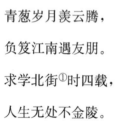

青葱岁月羡云腾,

负笈江南遇友朋。

求学北街①时四载,

人生无处不金陵。

2022 年 2 月 8 日

---

① 北街,母校位于鼓楼铁路北街。

闲散偶感

梢头怒放一枝花,

夏日安然到我家。

肺疫隔离无处去,

心情由我不由它。

2022 年 3 月 15 日

闲言

风雨江湖三十年,

曾经一往更无前。

拂衣归去可言憾,

举酒邀花伴月眠。

2022 年 3 月 15 日

暮春

落叶潇潇春暮时,

黄铃花放却迷离。

举樽且共倾杯醉,

莫管金乌又落枝。

2022年3月17日

疫下夜

明明孤月升,

寂寂照空城。

肺疫何时了?

同饮酒一觥。

2022 年 3 月 17 日

封区行

红日照花开,

绿荫鸣鸟来。

几时瘟疫散,

山水任徘徊。

2022 年 3 月 19 日

和韵老领导

迟迟时日慢如牛，

睡眼惺忪未得休。

肺疫袭来难有信，

居家不出绝相酬。

红花烂漫孟春景，

新酒氤氲浇自愁。

安得神医施妙手，

九州异域各交游！

2022 年 3 月 19 日

春分

梨花雨落拂香门,

桃杏棠开各自纷。

前日东风如盛夏,

不知今日是春分。

2022年3月20日

闲暇

绿满鹏城千万家,

春风十里雨丝斜。

小园漫步隔离日,

半是愁思半是花。

2022 年 3 月 20 日

小区漫步

云动山移渐日夕,

风涛烟雨绿凄迷。

小园久涉也无趣,

可到杭州踏紫泥。

2022 年 3 月 26 日

闲情

春风十里时,

蝶戏万花枝。

且赏山河秀,

任他宵小嘻。

2022 年 4 月 1 日

独吟

独吟春日艳阳天,

晨暮幽谷听响泉。

有酒有花真自在,

无忧无虑是神仙。

2022年4月2日

南澳春游

瀚海连天三月风，

艳阳新照绿葱茏。

世人喜说今无疫，

澳岛欢歌上碧空。

2022 年 4 月 4 日

清明

肺疫断归尘，

何时祭故人。

鹏城虽丽日，

泪雨湿衣巾。

2022 年 4 月 5 日

思乡

东村日出灿烟霞,

谁在庭前扫落花。

疫困游人无所去,

来春祈愿好还家。

2022 年 4 月 5 日

乡思

当初乡野家，
暮影日西斜。
人歇辍耕具，
禽归栖树丫。
新烹葵饭苦，
还剔夜灯花。
老父少言语，
灯前独制麻。
忽然乘鹤去，
有恨在天涯。
一寸红心草，
何能报答他。

2022 年 4 月 6 日

感怀

近闻毁我者多,已无感。今忽闻有同事者虽识未久,而为此落泪者,有感。

我本够平凡,
为人不畏谗。
息声虽一月,
有毁若峰巉。
同事未经岁,
今闻泪浸衫。
政声人去后,
身正似松杉。

2022年4月18日

谷雨

谷雨时光正弄晴,

新秧香稻绿如坪。

从来春色莫辜负,

时到秋来金满盈。

2022年4月20日

平峦山

午后到平峦,

平峦草色妍。

山深虫唧唧,

林密鸟嘻然。

行缓心由景,

性平人必贤。

人生殊短促,

山水度余年。

2022 年 5 月 17 日

理发

东田①小帅艺能精,

乱草梳吹又塑型。

犹恐老乔还显老,

额前挑剪落繁星。

2022 年 5 月 20 日

---

① 东田,即托尼老师,理发师也。

洗衣

偶浣家衣腰背酸，

手搓水洗晾栏杆。

男人莫恨搓衣板，

一试浣衣知道难。

2022 年 5 月 21 日

杂说今日闲

饱腹终日,气定神闲。

清风明月,自在自然。

信马由缰,满路花岩。

神飞天外,春早湖山。

2022 年 5 月 22 日

喝茶(一)

悠闲细品一壶芽,

滑石流泉香齿牙。

几缕豪尖青似玉,

我生浊世淡如茶。

2022 年 5 月 23 日

喝茶(二)

一人独坐自闲暇,

细看浪翻碧玉芽。

起伏无非壶里事,

寻香问道啜清茶。

2022 年 5 月 23 日

酒后杂感(一)

美酒菜肴香,

青春日月长。

为人心性拙,

天地却同光。

2022 年 5 月 28 日

酒后杂感（二）

夜饮金波手足绵，

无求无欲思昏眠。

凉风莫弄轩窗幕，

恐得清光扰梦田。

2022 年 5 月 28 日

五代十国感

残唐五代尽英雄,

万里山河一局中。

释卷长思擒鹿者,

可如江畔钓鱼翁。

2022 年 6 月 20 日

夜调侃

天朗气清无躁蝉，

丝云不见倚栏杆。

平生幸得福如此，

脑满肠肥独自安。

2022 年 7 月 12 日

夜梦

夜梦归家不见家,

白杨野柳乱飞花。

双亲忽在茅檐下,

斜倚门墙话绩麻。

2022 年 7 月 14 日

羊台山（一）

雷声隐隐上羊台，

古木森森两面开。

水出龙溪清益脆，

人来幽谷落尘埃。

2022年7月29日

羊台山（二）

人到半山身不支，

喘牛裂肺似无肢。

山登绝顶真英杰，

能退中流识势时。

2022 年 7 月 29 日

午后笔架山(一)

笔架山中觅异禽,

鸟飞乱木入林深。

风飘逸致随心去,

得失无非一树荫。

2022 年 8 月 1 日

午后笔架山（二）

笔架山深闹市中，

闲来觅景与谁同。

管他山外走车马，

独坐小亭听鸟虫。

2022 年 8 月 1 日

七夕

七夕女儿天,

鹊桥千百年。

老来人恋伴,

不羡彩云仙。

2022年8月4日

西安

来去西安过两年,

今是昨非是非天。

三秦四塞有闲到,

观古抚今皆可羡。

2022 年 8 月 6 日

乾陵

半月照乾陵,

娥眉又蹙凝。

红尘人帝主,

泉下莫相憎。

2022 年 8 月 7 日

宝塔山

巍峨宝塔立青山，

风雨如磐千百年。

指路明灯光万丈，

中华有幸换新天。

2022 年 8 月 8 日

壶口瀑布

遥看黄河动地来,水临壶口炸雷开。人间谁见真龙在?

君不闻,神骏入渊化龙胎,势走六盘久徘徊。

君不见,排空驭电绝尘埃,气贯长虹出瑶台。

蝇营狗苟非我愿,临风飘飘称心怀。

不称心来久矣哉,今随黄河下沧海。

2022年8月9日

大雁塔

雁塔佛恩光,

于今颂盛唐。

悠悠千古事,

不过静心肠。

君不见,登塔者登心中之塔,

扫塔者扫心中之尘。

人生当有凌云塔,

净扫尘埃无我他。

2022 年 8 月 9 日

华山

华山上仞玉屏开,
谷壑成渊朔气来。
股颤心寒无汗出,
我临西岳若尘埃。
君不见,华山之险天下闻,
使人不敢出大言。
君不见,人心之险胜西岳,
面如菩萨心似剑。
呜呼,华山之险尚可攀登,
人心之险不可揣度。
华山之道者,皆避世者乎?

2022 年 8 月 14 日

秦兵马俑

人云,秦俑千百各不相同,盖秦战殁者像也。万骨皆枯,诚血泪也。

  俑像森森千百尊,
  依稀战殁将士魂。
  开疆拓土秦王事,
  侧耳能听血泪吞。

2022 年 8 月 14 日

洪湖秋色

莲花寥寥落青荷，

万亩湖塘藕愈多。

散去菱歌人宛在，

高洁仙子醉清波。

2022 年 8 月 26 日

近中秋

节至中秋暑气移，

清风明月拂秋池。

三年抗疫今还困，

静默同怜人共疲。

2022 年 9 月 4 日

望南山

咫尺南山空景台,

落花料是伴青苔。

三年抗疫瞬时过,

秋菊徒沿涧水开。

2022 年 9 月 4 日

静默夜行

肺疫三年百丈愁,

无端恰似楚人囚。

有心采菊东篱下,

静默空园又一秋。

2022 年 9 月 4 日

和蜀中客

疫情封控叹沧桑,

浊酒消磨秋月光。

唯愿人回自由日,

重来山里看花黄。

2022年9月4日

秋居

移家山下住,

向野见桑麻。

月照篱边菊,

风吹驿路花。

临秋人意爽,

不羡道仙家。

转瞬残年去,

来归看日斜。

2022 年 9 月 10 日

中秋日

秋日风清爽，

斯人自快哉。

菝花捎问候，

恰似故人来。

闲绕庭前院，

稍沾阶下苔。

九天唯皓月，

玉宇绝尘埃。

2022 年 9 月 10 日

中秋饮酒

菊花篱下开,

明月濯金杯。

置酒欲高咏,

故人来不来。

2022 年 9 月 10 日

中秋马场

年少好青春，

沙平白日昏。

秋高须纵马，

快走向昆仑。

2022 年 9 月 10 日

中秋夜

宝镜上晴空，

清辉入绮栊。

团圆须自乐，

一饮醉酡红。

2022 年 9 月 10 日

中秋月

门前月明照高楼，

年年圆月是中秋。

瀚海千里同相望，

浮云流尽故乡愁。

2022 年 9 月 10 日

翠竹公园(一)

小山依翠名,

绿竹自生清。

暂驻徐风里,

闲听青鸟鸣。

2022 年 9 月 19 日

翠竹公园(二)

小山夷似丘,

能解万般愁。

为有青青竹,

时来伴我游。

2022 年 9 月 19 日

重阳节

心有孟公志,

身无落帽才。

重阳羡陶令,

送酒白衣来。

2022 年 10 月 4 日

荷塘

花开白玉莲,

野水碧于天。

当采横塘藕,

逢秋开盛筵。

2022 年 10 月 6 日

国庆

亲友聚南国,

叨叨话语多。

久违谈旧事,

暂会叹蹉跎。

年少拿云志,

长风弄海波。

闲谈徒一笑,

斜日落西坡。

2022 年 10 月 6 日

世界之窗

往岁几回来,

犹怀济世才。

重游添白发,

独坐旧亭台。

2022 年 10 月 6 日

假日偶感

天青白鹭飞,

水碧鲤鱼肥。

苟遂凌云志,

谁人唱采薇。

2022 年 10 月 6 日

校友相聚

时节过重阳,

东篱菊又黄。

白衣来送酒,

美宴上无肠。

九九登高日,

纷纷举酒觞。

人生原不易,

泛爱愿恒长。

2022年10月6日

闲看秋雨

十月已初凉,

人闲日日长。

无心谈旧事,

有意颂流光。

乐看秋来雨,

携风过弄堂。

诗茶宜慢煮,

更品那般香。

2022 年 10 月 7 日

西丽

秋山秋水沐秋阳,

无挂无牵无欲刚。

竹杖芒鞋心胜马,

人生得意看秋光。

2022年10月8日

山景

倦来登小山,

山路几回环。

偶见焜黄叶,

秋风入世间。

2022 年 10 月 8 日

散步偶感

秋日斜阳鸟入林，

微风明竹木生阴。

波临堤岸涛声尽，

花映红霞色愈深。

车驾回还归雁路，

人怀故土宦游心。

半生不遇蹉跎岁，

白发星星难受簪。

2022 年 10 月 14 日

解封

抗疫三年磨难多，

平添星发叹蹉跎。

而今虽解新冠咒，

愿得神符压病魔。

2022年12月8日

畅想

疫情已解畅心神，

料道新年赶上春。

煮酒闲谈三载事，

烟花爆竹贺良辰。

2022年12月8日

三年感

三载新冠累庶民,

恍然如梦对瘟神。

疫情一解千般爽,

犹胜山河万里春。

2022年12月8日

冬至日感怀

冬至暖阳生，

风来神气清。

草衰犹未死，

百木又勾萌。

慷慨为人子，

谁凭黼黻荣。

严慈皆不在，

黄鸟日声声。

2022 年 12 月 22 日

冬至日祝愿

一阳①佳节至,

举酒在丹墀。

荞夜①祝尘世,

春来勿复迟。

2022 年 12 月 22 日

---

① 一阳、荞夜,均为冬至的古称。

2022,别见

人生若飙尘,若得善待,当愿岁月重来。

2022,只愿不见。

人生不见来路,唯有归途。

岁末皆阳,莫知所措。

陶令之心,几人能得之且行知。

各安其所吧,不见不见。

 岁末病多哀,

 斯民俗世埃。

 余生唯有愿,

 二二莫重来。

 人本重亲事,

严慈去我哉。

去来残剩去,

玉镜见颜催。

肺疫如魔障,

常人不过猜。

宽严皆是误,

欺诳即成灾。

种菊南山下,

南山清气开。

穷年无可惧,

谁羡上瑶台。

2022 年 12 月 31 日

新年

日历新开启，

酒香能自倾。

天寒须约客，

春暖待时更。

岁月忽然过，

人心不喜平。

流殇三百斗，

共醉到天明。

2023 年 1 月 2 日

出行赣州

千古江山章贡流,

英豪临叹郁孤愁。

寒来夜吠丧家犬,

人上赣州登虎头。

2023年1月15日

菩萨蛮

郁孤台

郁孤台上英雄泪,

胡尘故土山河碎。

章贡逝如斯,

高台日自移。

豪情千古续,

人岂能生复。

有志欲拿云,

心归辛氏门。

2023年1月17日

郁孤台

少时已慕郁孤台,

今日萧然白发来。

满目青山皆不识,

丹心一片莫相猜。

2023 年 1 月 19 日

赣江

章贡滔滔水,

悠悠生赣流。

鄱阳千尺浪,

赣水立潮头。

2023 年 1 月 19 日

于都

红色看于都,

长征出此途。

感怀当日事,

努力逐金乌。

2023 年 1 月 19 日

记春节东华山寺

白水云峰道释家,

庄严寺庙出东华。

钟声撞响两州县,

多少黎民礼佛花。

2023 年 2 月 11 日

夜行感怀

南国经年常绿枝，

人云有夏凛无时。

浮生恰似岭南树，

日换维新只自知。

2023 年 2 月 17 日

马

神骥伏槽枥,

人云老眼花。

晨嘶去栏厩,

夜梦踏黄沙。

2023 年 2 月 27 日

晨见群飞鸟

一碧晴空任草书,

江山万里出征途。

春风不负韶华去,

更举凌云逐赤乌。

2023 年 2 月 27 日

校友会

琼宴新开飞羽觞,

纤歌云遏绕华梁。

高朋胜友重相聚,

醉卧他乡似故乡。

2023 年 3 月 11 日

清明

柳细落斜阳,

风熏百草香。

清明花放肆,

春日好还乡。

2023 年 3 月 30 日

春日歌

陌上百花开，

妙人来不来。

来时须纵酒，

欢乐莫徘徊。

2023 年 3 月 31 日

山村

四面青山村野晴,

杜鹃啼响一声声。

时光从不负人爱,

绝色山河俱力耕。

2023年4月30日

东华吟

巍巍东华山，

绵延闽赣间。

山高千百尺，

白云绕三仙。

超凡是仙人，

仙人出凡尘。

凡人有苦难，

香火供仙人。

白水顶上殿，

佛道香火缘。

财神和玉帝，

佛主关二爷。

旖旎寻仙踪，

茂林一丛丛。

林幽蝉声远，

风暖花香浓。

牧人催牛行，

小僧力田耕。

轻车婉转上，

春光自来迎。

山壑看烟岚，

依稀金沙庵。

金轮焕新彩，

莫为俗事耽。

顶峰觉松深，

金殿诵梵音。

愿得红尘里，

常有爱人心。

爱人人皆能,

俱在心怀仁。

仁者慈悲心,

岂只寄山僧。

今来东华山,

一登能静心。

再下红尘去,

徒留东华吟。

2023年5月5日

古风午后

淅沥夏初雨,
昏沉午后天。
慵慵不思起,
唯有梦香甜。
起饮雨花茶,
笑看小女娃。
小女喜作画,
画风灵气佳。
相邀下楼去,
跳绳健身躯。
楼间安且静,
楼外雨丝徐。
相与来比试,

少多皆乐事。

须臾汗落下，

不想动四肢。

遥想年载前，

不知为谁甜。

几无节假日，

可赚几多钱。

人生似飙尘，

原来求本真。

莫羡轻裘马，

最应乐天伦。

君看写字楼，

多少九九六。

做人莫社畜，

箪食也风流。

2023年5月13日

芙蓉歌行

莲花如神邸,

世人深爱斯。

青莲李太白,

茂叔献殷词。

郁香沁水流,

绝色映山河。

翡翠滴清露,

霓裳新舞柔。

郁香本性情,

不以外物更。

纵使秋霜萎,

遗香碧玉茎。

洪湖水里花,

当已发新芽。

即赏莫徘徊,

行去趁烟霞。

君不见,

蜻蜓乱舞催芬芳,

锦鲤翻浪水洋洋。

君不见,

红莲花下睡鸳鸯,

团叶岸边少年郎。

团叶青青比人心,

人心何如团叶青。

得见芙蓉当奏琴,

奏琴如今有谁听。

2023 年 5 月 30 日

小暑

夏日恣情,

万物逐光。

团花似锦,

红荔有香。

风吹野火,

蟋蟀临房。

时为苦夏,

有鹰飞扬。

走山赶海,

为服衣裳。

挥汗如雨,

得其食粮。

惟辛惟苦,

为人父母。

育人育心,

唯育子女。

2023年7月7日

定风波(一)

大暑前日,傍晚慢行后海边,看江山秀丽,海天霞光灿烂。慨叹我近三十年鹏城生活,见证城市如此妖娆。此当为余生之安乐之处。且记之。

闲日徐行后海边,夕阳火映水中天。

遥看流云红欲尽,不忍,长桥炫彩又争妍。

独倚栏杆添感慨,深爱,鹏城已是我家山。

今后凭谁皆莫问,应信,此间人乐似神仙。

2023 年 7 月 22 日

定风波(二)

近日有歌坛刀郎者,蛰伏十年后忽而出专辑《山歌寥哉》,其歌多取自清蒲松龄之异志,合神州各民歌调,多讽寓,遂风靡。人道其刺十年前之打击者,谬也。刀郎,歌坛蒲松龄也。记之。

昔日谣歌俗味浓,歌坛人道败词风。
隐去十年堪酿酒,新有,歌声醽醁①醉寰中。
唱尽世间人与鬼,无愧,留仙②遗响笔犹雄。
试问凭谁更重现,不见,此来一曲万年功。

2023 年 7 月 29 日

---

① 醽醁:美酒,绿色。
② 留仙:蒲松龄字。

绝句

醍色透琉璃,

茶香过齿奇。

夜深人不寐,

谁唱寥哉词。

2023 年 7 月 30 日

定风波

长沙

六月长沙迎客来,

橘洲信步少年怀。

湘水滔滔流不住,北去,清流万里尽英才。

古渡高风千百载,如在,城南岳麓讲经台。

红遍万山龙骥旅,震宇,尘埃荡尽艳阳开。

2023 年 8 月 16 日

邕城

邕城绿意多,

青秀木婆娑。

江水听涛去,

壮乡闻对歌。

水穿邕市郭,

风动大江波。

有志寻芳信,

山山绿髻螺。

2023 年 8 月 20 日

聊斋志异婴宁

那上元的梅花香,

是一朵朵的银铃笑。

哪来的目灼灼少年郎,

满眼的贼儿光,

谁不曾年少轻狂,

谁不曾心怀梦想。

南山的野草荒啊,

尘世间没有的笑声朗,

容华绝代的小姑娘,

呆人用情命来偿。

眼里一世的贼光,

鲜花在世上的怒放,

嗡嗡嘤嘤的蜜蜂儿忙。

南山的野草香啊,

尘世间没有的笑声朗,

不谙世事的小姑娘,

呆人用情入肺肠。

眼里一世的贼光,

鲜花在世上的怒放,

挡不住的蜜蜂儿忙。

哪来的目灼灼少年郎,

满眼的贼儿光,

谁不曾年少轻狂,

谁不曾心怀梦想。

2023年9月1日

浣溪沙

狮子林桥夜眺

灯影流光一掷梭,

海河故事古来多。

京师拱卫势谁何,

水涌狮林鼍鼓过。

津门白发出清波,

身逢盛世老来歌。

2023 年 9 月 6 日

中秋

满院清光似水流，

烹茶把酒话中秋。

古今同赏此轮月，

应笑少年成白头。

2023 年 9 月 29 日

十六日夜江边见月

翠江水碧水长流,

水漾清辉入冷秋。

今夜若无天上月,

与谁把酒泛轻舟。

2023 年 9 月 30 日

夜月

姮娥人应怜，

孤独在天边。

八月中秋夜，

谁人相与圆。

2023 年 9 月 30 日

南山

悠然所见，

此为南山。

羡我乡民，

逍遥似仙。

黄发垂髫，

于彼南郊。

有怀子衿，

髦彼两髦。

忽然云来，

雾湿露台。

景明日艳，

远黛入怀。

差池燕燕，

报春野田。

杂然山树，

夏夜鸣蝉。

流金四方，

黍稷稻粱。

山河皆素，

野簌冬藏。

地围其山，

人乐其田。

于我为家，

适为乐园。

2023 年 10 月 1 日

村居

门前江水流,

屋后万山幽。

日上仍高卧,

田园可忘忧。

2023 年 10 月 4 日

重庆

萦雾群山日不开,

渝州处处似瑶台。

洪崖灯炫嘉陵水,

磁口人招饕餮财。

十八梯前人涌海,

银河忽落大江来。

巴山已是神仙地,

此地由来多俊才。

2023 年 11 月 2 日

晚读杂感

少年人傲识,

愿与万山齐。

秋水芙蓉影,

依风自笑姿。

轻裘过闹市,

肥马耀门仪。

历历今如梦,

鬓生霜雪丝。

2023年12月16日

冬日读书感

冬日读《长安客》,感李杜之巨星皆为长安之不堪客,然其心其志,不因此而有所减。唯生之不易,人皆可怜。天下人勿求全,人本为人,非神。因之更仰慕唐人之精神。

暮云遮日日难开,

寒雨寒风冬意来。

李杜为人生不易,

当时折节误天才。

求全天下皆萧艾,

容缺世间无臆猜。

击节唐人星璀璨,

至今豪意在瑶台。

2023 年 12 月 17 日

新年

祝自己和各位,好好生活,新年快乐。

所去之春夏秋冬,

助我领略人世间,

风花雪月,

不过岁月神偷,

渡我浮生未歇,

不敢忘情。

所来之日月星辰,

由我随心挥洒擘画,

山河湖海,

纵使千锤百炼,

铸我铁骨丹心,

更爱生活,

归去之时光永记心田,

迎来之岁月爱之弥坚。

2023 年 12 月 31 日

雪

凭栏闲品一杯茶，

鹅絮新迎梅绽花。

春日谁云今岁早，

江南香馥到人家。

2024 年 1 月 22 日

立春日北方雪偶感

春日发新芽,

风舒万物嘉。

东君安可误,

雪做报春花。

2024年2月4日

偶感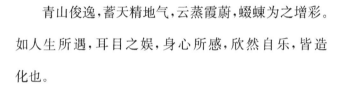

青山俊逸,蓄天精地气,云蒸霞蔚,蝃蝀为之增彩。如人生所遇,耳目之娱,身心所感,欣然自乐,皆造化也。

绿水幽洌,养龙威蟒戾,渊深涧险,虎狼为之奈何。若为事为业,千难万险,长路修远,奋发可也。

龙年,惟愿自己心飘飘而无所止、沈沈而有所依。愿世间太平,山河无恙,新朋喜乐,故人皆好。

2024 年 2 月 9 日

春日山行（一）

天清气朗渐春辰，

信步乡田闲一人。

我羡青山多俊秀，

能偷日月作精神。

2024年2月13日

春日山行(二)

空山人迹稀,

日暖见新枝。

苍黛天青色,

浮云久不移。

2024年2月13日

客家米酒

琉璃玛瑙玉为神,

稻米花香味犹醇。

若是茅台酬国士,

客家米酒醉乡人。

2024年2月13日

山行

南山旖旎,

春日迟迟。

与彼童稚,

陟彼南山。

有闻鸟鸣,

我心则夷。

南山崔崔,

白云微微。

出彼春闱,

彼此相随。

有燕于飞,

酌彼金罍。

南山萋萋,

绿竹猗猗。

与彼君子,

踏此春时。

犹彼晨风,

我心则喜。

2024 年 2 月 13 日

清明

清明路遇暴雨。天地如墨,对面不能视人,雨如注,击打车身若雷鸣。偶有闪电,则见雨如瀑。感天地之威,一至于此,蜉蝣一生,当慎终追远。有感。

千山万水阻归人,

夜梦时时是那村。

思念恰如春日雨,

遮天泼墨断人魂。

2024年4月4日

偶感

人到中年易动情,

常因细琐泪盈盈。

概由俗务多游历,

难见人间事不平。

2024 年 4 月 4 日